파스칼 키냐르의 수사학

파스칼 키냐르의 수사학

파스칼 키냐르 지음
백선희 옮김

Pascal Quignard
RHETORIQUE SPECULATIVE

을유문화사

옮긴이 백선희

프랑스어 전문 번역가. 덕성여자대학교 불어불문학과를 졸업하고 프랑스 그르노블 제3대학에서 문학 석사와 박사 과정을 마쳤다. 로맹 가리·밀란 쿤데라·아멜리 노통브·피에르 바야르·리디 살베르 등 프랑스어로 글을 쓰는 중요 작가들의 작품을 우리말로 옮겼다. 옮긴 책으로 『웃음과 망각의 책』『마법사들』『햄릿을 수사한다』『흰 개』『울지 않기』『예상 표절』『하늘의 뿌리』『내 삶의 의미』『책의 맛』『호메로스와 함께하는 여름』『랭보와 함께하는 여름』『폴 발레리의 문장들』『식물의 은밀한 감정』 등이 있다.

파스칼 키냐르의 수사학

발행일 | 2023년 2월 25일 초판 1쇄
지은이 | 파스칼 키냐르
옮긴이 | 백선희
펴낸이 | 정무영, 정상준
펴낸곳 | (주)을유문화사
창립일 | 1945년 12월 1일
주소 | 서울시 마포구 서교동 469-48
전화 | 02-733-8153
팩스 | 02-732-9154
홈페이지 | www.eulyoo.co.kr
ISBN 978-89-324-7485-4 03800

옮긴이의 말

1. 예측을 불허하는

도무지 예측을 불허하는 작가가 있다. 파스칼 키냐르가 누구보다 그렇다. 그의 작품을 여럿 읽고 나도 그의 글을 읽는 일은 여전히 어두운 미궁 속을 더듬더듬 나아가는 무모한 모험처럼 다가온다. 장르의 틀을 완전히 벗어 버린 그의 글은 파편적이고 불연속적이어서 추측을 가로막고, 시간과 공간의 지표들까지 뒤섞여 좌표를 종잡을 수가 없다. 언제 어느 모퉁이, 어느 갈림길, 어느 안개 속에서 무엇을 만나게 될지 알 수 없다. 신화 속 인물, 온갖 시대의 실존 인물, 소설 속 등장인물들이 나란히 혹은 연이어 불쑥 나타나기도 하고, 시원始原의 공간이 펼쳐지는가 하면, 익숙한 일상의 사물들이 무심히 지나가고, 신화의 장면이 재생되고, 역사 속 사소한 일화가 그려지고, 빅뱅 이전의 카오스가 묘사되고, 생경한 고어古語들에 대한 분석이 세세히 이어지고, 알쏭달쏭한 아포리즘이 독서의 걸음을 멈춰 세우고, 카이사르와 사도 바울과 비방 드농과 플로베르처럼 연결

고리를 짐작할 수 없는 이름들이 나란히 자리하고, 바둑 두는 노인들을 구경하다가 도낏자루가 썩어 버린 나무꾼이 불쑥 고개를 내민다. 독자는 한 치 앞을 내다보지 못하고 긴장한 채 미궁 속을 나아간다. 나아가긴 하는 걸까? 마지막 책장을 덮고 나도 막 빠져나온 미궁이 어떠했는지 말하기 어렵다.

2. 망각에서 건져 올린

키냐르의 눈길은 망각의 그늘 속에 묻힌 것들로 향한다. 『세상의 모든 아침』에서는 세속적인 영광을 거부하고 잊힌 비올라 다 감바의 거장 생트 콜롱브에 주목했고, 『부테스』에서는 아르고호 원정대의 모든 선원이 세이렌의 치명적인 소리에 유혹당하지 않으려 애쓸 때 세이렌의 노래에 홀려 바닷속에 뛰어든 부테스를 주인공으로 삼았다. 경솔한 인물로 평가받던 부테스를 작가는 홀리는 걸 겁내지 않고 당당하고 멋지게 물속으로 뛰어들어 음악을 향해 힘차게 헤엄쳐 간 인물로 부각했다. 『눈물들』에서는 9세기의 궁정 사관 니타르라는 생소한 인물에게 빛을 비춘다. 샤를마뉴 대제의 두 아들이 영토 싸움을 벌이다가 842년 2월 24일에 체결한 스트라스부르 조약이 라틴어, 독일어와 더불어 프랑스어로도 기록되던 순간, 그 '프랑스어의 출생 증명'을 최초로 기록한 인물이다. 종종 작가는 역사 속 잊힌 인물이나 사건을 한두 문장으로 슬쩍 언급하고 지나가기도 한다. 이를테면 "4세기 튀니지의 투부르시쿰 누미다룸에서 문법학자 노니우스 마르켈루스가 고대 로마어를 수집해 열두 권의 책을 편찬하면서 5권의 한 단락에 terrificatio라는 단어를 실었고, 그만이 그 뜻을 알았다"[1]라는 식이다. 샹탈 라페르데메종과 나눈 대담에서 밝히듯이 키냐르는 "잃어버린 동기들, 고통받는 영혼들, 잊힌 작품들, 복잡한 영역들"[2]을 옹호하는 데 힘쓴다. 그러니 그의 모든 작품은 망각에서 이끌려 나온 온갖 사건들, 장면들, 인물들, 동기들, 낱말들로 가득하다. 그는 마치 역사의 먼지 더미 아래 부당하게 묻힌 존재와 사물들을 발굴해 그들의 명예를 회복해 주려 부단히 애쓰는 듯 보인다.

3. 사색적 수사학자들

이 책에서도 키냐르는 여러 인물을 망각에서 건져 올린다. 마르쿠스 코르넬리우스 프론토가 그 첫 번째 인물이다. 프론토는 누구인가? 그는 1세기 로마의 수사학자였고, 황제 마르쿠스 아우렐리우스의 개인 교사였으며, 『연기와 먼지 예찬』, 『태만 예찬』 같은 독특한 시각의 저서를 남겼다. 서양철학사에서 프론토의 평판은 좋지 못해서, 백과사전에 공허하고 어리석은 주장을 펼친 인물로 기록된 모양이다.[3] 이런 프론토를 키냐르는 철학에 의연히 맞서 온 문학 전통이 존재했음을 증언한 최초의 인물로 소개하고, 그 반철학적 전통을 "사색적 수사학"이라고 명명한다. 그리고 형이상학보다 앞섰

1 파스칼 키냐르, 『음악 혐오』, 프란츠, 2017, 40쪽
2 파스칼 키냐르, 샹탈 라페르데메종, 『파스칼 키냐르의 말』, 마음산책, 2018, 133~134쪽
3 1995년 2월 5일자 『리베라시옹*Libération*』지에 실린 「파스칼 키냐르의 내기*Le Pari de Pascal Quignard*」라는 제목의 서평에 따르면, 백과사전 『라루스*Larousse*』가 프론토를 "공허하고 어리석은 주장을 펼친 수사학자"로 명시해 두었다고 한다.

지만 "대담해서 주변적이고, 고분고분하지 않아서 박해당한" 이 오래된 전통이 어떻게 이성적 논증보다 이미지 탐구에 천착했는지 보여 준다. 철학자들이 펼치는 추론을 "이미지 없는 논증이어서 혀 차는 소리에 불과"하다며, 솟아나는 이미지를 애써 멀리하고 이성만 앞세우는 철학자들을 비웃는 프론토를 키냐르는 고대 로마의 사상가들 가운데 "가장 독창적이고 가장 심오한 인물"로 꼽는다. 그는 프론토가 언제나 "가장 능숙하고, 가장 뜻밖이며, 가장 경제적이고, 가장 빛나며, 가장 압축된" 이미지를 찾아낼 줄 알았다고 말한다. 개인 교사이자 편지 상대였던 프론토로부터 영향받은 마르쿠스 아우렐리우스의 유명한 저서 『명상록』에 대해서도 키냐르는 새로운 시각을 제시한다. 이 책을 "생명 유지에 필수적이고 사색적이며 연상적인 이미지의 모음집"으로 읽어야 하며, 그렇게 읽을 때 고대가 우리에게 남겨 준 가장 심오한 텍스트 중 하나가 된다는 것이다.

키냐르는 형이상학의 난폭한 확산을 마주한 옛 문인들에게 진정한 대안이 되었을 이 사색적 수사학을 현대 사상이 "마치 목욕물을 버리면서 대야와 살아 있는 아이와 비누까지 몽땅 버리듯이" 내다 버렸다고 비판한다. 그리고 이 반철학적 흐름의 계보를 이어 온 다른 인물들도 줄지어 불러낸다. 사색적 수사학의 토대가 되는 책 『숭고함에 대하여』를 쓴 그리스 작가 로기노스, 사색적 수사학의 시소러스 격인 쿠인틸리아누스의 책들을 어느 수도원의 먼지 더미 아래에서 발견하고 끌어안고 울었다는 책 사냥꾼 포조 브라촐리니, 그리고 『숨은 신에 관한 대화』, 『박학한 무지』를 쓴 쿠자누스도 이 위대한 수사학자들의 대열에 세운다. 로기노스의 『숭고함에 대하여』

를 "문학 창작을 지고한 예술로 다룬 무형식의 위대한 책"으로 평가하는 시각에서 드러나듯이 키냐르는 이들을 은밀하게 이 반철학적 문학 전통을 이어 온 위대한 문인들로 꼽는다.

4. 찌꺼기 같고 보물 같은

키냐르는 『소론집』을 여덟 권 펴냈다. 너무 파편적이어서 출판사들이 오랫동안 출간을 기피한 이 글들은 소설의 장면, 꿈 이야기, 작가가 즐겨 쓰는 어휘, 인용문, 주석, 이런저런 개념과 기억 등 키냐르의 다른 작품들에서 만나게 될 많은 요소를 다양한 형태로 담고 있다. 저자는 이 글들을 조화에 대한 염려 없이 이질적 배합으로 주제들이 충돌하면서 바로크식 긴장이 유지되고, 열린 질문들을 던지되 어떤 대답도 내놓지 않는 텍스트라고 설명한다. 『소론집』 여덟 권에 실린 56편 외에, 『음악 혐오』에 실린 10편과 이 책에 실린 6편의 텍스트도 '소론'이라는 이름을 달고 있다. 그리고 『혀끝에서 맴도는 이름』에도 「메두사에 관한 소론」이 한 편 실려 있고, 『음악 수업』의 세 장은 '소론'으로 명시되지는 않았으나 그렇게 부를 만한 텍스트들이다. 작가는 "궤도를 이탈한, 당황스러운 파라텍스트, (…) 찢어진 세계들, 쓰레기통, 창고, 헛간……"[4] 등을 너무도 좋아한다고 말하는데, '소론'이 바로 그런 글이다. 무언가로 아직 탄생하지 못한, 혹은 탄생하고 남은 "찌꺼기"이자 무궁한 탄생의 잠재성을 품은 보물과도 같은 글. 이 파편적인 글들에 각별한 애정을 드러내며 작

4 『파스칼 키냐르의 말』, 173쪽

가는 '소론'이 "나의 집"이고, "나의 이름"이라고 힘주어 말한다. 그리고 작가가 책의 마지막 문장에서 밝히듯이 이 6편의 소론은 그의 '새로운 은둔지'가 된다.

5. 길 잃는 즐거움

2000년 공쿠르 수상작을 파스칼 키냐르의 『떠도는 그림자들』로 선정하면서 아카데미 공쿠르 회장은 이렇게 말했다. "그는 한 편의 소설이 아니라 천 편의 소설과 맞먹는 한 권의 책을 썼다. 단락 하나하나가 한 편의 잠재적 소설이다." '천 권 같은 한 권'의 책은 어떻게 읽어야 잘 읽을까? 몇 번이나 읽어야 한 권에서 천 권을 읽어 낼까? 키냐르를 읽으려는 독자의 어깨가 무거워진다. "키냐르의 작품은 닿을 수 없는 곳에, 도달 영역 밖에 있겠다는 맹세"[5]라고 한 샹탈 라페르데메종의 말도 독서의 무게를 덜어 주지 않는다. 원래 제목이 "사색적 수사학"인 이 묵직한 책은 독서 의지를 아예 꺾어 놓는다. 키냐르를 이미 읽은 독자들의 감상을 살펴보면 "아름답다", "경이롭다"라는 찬사에도 "난해하다", "난감하다"며 독서의 어려움을 호소하는 말이 붙는 경우가 많다. 이해하지 못한 채 읽기를 끝냈는데 뒤늦게 말로 표현하기 힘든 울림이 느껴지더라는 독자도 있고, 간혹 독서를 도중에 포기하는 독자도 보인다. 우리는 대개 길을 잃을까 겁낸다. 도로에서건 독서에서건 기를 써서 길을 잃지 않으려 든다. 리베카 솔닛은 『길 잃기 안내서』에서 길을 잃는 건 우리가 모르

5 『파스칼 키냐르의 말』, 9쪽

던 것을 발견하는 방법이라고 역설적으로 말한다. 우리가 길 잃기를 겁내지만 않는다면, 모든 걸 파악하고 출구를 찾고야 말겠다는 의지를 내려놓고 거닌다면 미궁도 평온한 산책로가 될 수 있다. 장애물을 만나면 돌아가고, 마음에 드는 곳에 이르면 머물면 된다. 게다가 책만 덮으면 언제건 빠져나올 수 있는 미궁은 무한한 발견의 장소도 되고, 책만 펼치면 돌아갈 수 있는 편안한 은신처도 되지 않겠나. 길을 찾고 얻는 기쁨도 있지만, 길을 잃고서 얻는 깨달음과 즐거움도 있다. 구석에서 책 읽는 걸 무엇보다 좋아한다는 키냐르의 말에 기대어 기꺼이 방황에 나서 보면 어떨까.

> 독서에는 도착하지 않기를 바라는 기대가 담겨 있다. 책을 읽는다는 것은 떠돌아다니는 것이다. 독서는 방황이다.[6]

2023년 1월

백선희

---

6 파스칼 키냐르, 『떠도는 그림자들』, 문학과지성사, 2003, 61쪽

차례

<일러두기>

1. 이 책은 이미 출간된 키냐르의 다른 책들에 "사색적 수사학"이라는 제목으로 소개되어 있음을 밝힌다.
2. 인명, 지명 등은 가급적 국립국어원의 외래어표기법을 따랐다.
3. 본문의 각주는 모두 옮긴이 주다.

프론토

철학이 생겨난 뒤로 서양의 전 역사에 걸쳐 흐르는 반철학적 문학 전통을 나는 사색적 수사학이라고 부른다. 그리고 이 전통의 이론이 로마에 도래한 시기를 139년으로 꼽는다. 그 이론가는 프론토[1]였다.

프론토는 마르쿠스에게 보낸 편지에 이렇게 쓴다. "철학자는 사기꾼일 수 있으나 문학 애호가는 그럴 수 없습니다. 모든 낱말이 문학이지요. 게다가 문학 고유의 탐구는 이미지 덕에 한결 더 깊어집니다." 마르쿠스 아우렐리우스 황제는 이미지를 그리스어로 아이콘이라 불렀고, 반면에 그의 스승 프론토는 대개는 라틴어로 이미지라 부르고, 몇 차례는 그리스어 철학 용어인 메타포라 불렀는데, 이미지 예술은 각 말[2]을 관습과 분리해서 자연의 본성과 다시 이어 준다.

---

1 마르쿠스 코르넬리우스 프론토Marcus Cornelius Fronto. 1~2세기 로마의 문법학자, 수사학자

2 langue(랑그)와 langage(랑가주)를 엄밀히 구분하자면 랑그는 도구로서의 언어(말)를

프론토는 이미지 예술이 낮의 활동에서 수행하는 역할로 보아 언어 속에서 잠에 비교할 만한 역할을 한다고 주장한다. 마르쿠스는 시간 속 세상을 폭우로 불어나 스스로 휩쓸리며 모든 걸 휩쓸어 가는 성난 급류라고 쓴다. 존재들의 비는 그치지 않는다. 모든 것이 어둠 속으로 쓸려 내려간다. 일부 환상은 시뮬라크르, 도식schèmata을 묶고 저들끼리 반응하는 결찰들을 낳는다. 자연의 물체들 자체가 도식이고 이미지들이다. 따다, 모으다, 잇다, 라는 의미의 그리스어는 레게인legein이다. 끈은 바로 로고스logos, 언어다. 마법의 결찰은 그리스어로는 카타데시스katadesis, 라틴어로는 데픽시오defixio다. 분석analysis은 묶인 걸 푸는 일이다. 종교religio는 마법의 결찰, 다발들, 끈으로 이어지는 모든 걸 끌어모은다. 계보, 인척 관계, 사회 등. 낱말들이 서로 이어진 것이 시詩다. 말oratio은 문학적 말이다. 프론토는 철학자들이 말할 수 있는 추론은 이미지 없는 논증이어서 혀 차는 소리에 불과하다고 주장한다. "날이 밝으면 빛이 있는 법." 수사학자는 절대 논증하지 않는다. 그저 가리킬 뿐인데, 그가 가리키는 건 열린 창문이다. 그는 언어가 창문을 연다는 사실을 안다. 밤이 낮을 주듯이 말은 각 시대에 제 빛을 주기 때문이다.

가리키고, 랑가주는 소통 능력으로서의 언어를 가리킨다고 할 수 있는데, 이 책에서는 랑그는 '말'로, 랑가주는 '언어'로 옮긴다.

*

낱말을 고르는 일은 선택optio과 선출electio로 이루어진다. 작가란 제 언어를 선택하고, 그 언어에 지배당하지 않는 자다. 그는 어린아이와 정반대다. 자신을 지배하는 것에 구걸하지 않고, 그것에서 해방되려고 힘쓴다. 그의 입은 단순한 감정이 아니라 숭배가 된다. 그는 말하는 신에 가까워진다. 미네르바orationis magistra,[3] 메르쿠리우스nuntiis praeditus,[4] 아폴로auctor,[5] 리베르cognitor,[6] 목신들vaticinantium incitatores[7]은 말의 대가들이다.

"철학의 탐구가 오직 사물만 다루는 것이라면 당신이 낱말들을 함부로 다루는 걸 보더라도 저는 그리 놀라지 않을 겁니다"라고 프론토는 마르쿠스에게 쓴다. 그러나 철학자들은 말을 하고, 탐구하면서 자신들 말의 원천을 잊고, 길가에 말의 재료를 버려두고, 자신들의 뒤늦은 전문화의 토대가 되는 속닥이는 충동을 옭아맨다. 철학은 존재자에만 집착하고, 종교재판처럼 엄밀한 취조를 하며 수사학을 세분하면서도 그것을 중시하지 않는다. 철학이 기본 수사학의 한 지류일 뿐인데도. 이미지들은 문자들litterae 틈에서 부단히 솟아나지만, 철학자들의 담론은 기를 쓰고 이미지들을 멀리한다. "그건

3 연설의 스승
4 전령을 가진 자
5 작가
6 아는 자
7 예언을 부추기는 자

마치 헤엄을 치면서 돌고래가 아니라 개구리를 모델로 삼는 꼴입니다. 철학은 검에 낀 녹에 불과하지요. 그러니 그건 마치 내가 프론토가 아니라 세네카인 양하는 셈입니다—황제의 수사학 스승은 거듭 말한다—. 마치 당신께서 마르쿠스 아우렐리우스가 아니라 클라우디우스 네로인 양하고, 마치 당신이 독수리의 위풍당당함보다 메추라기의 짧은 털을 선호하는 셈이지요. 전투보다 휴전을 좋아하지 마십시오. 언어와의 전투에서 매일매일 검의 녹을 벗겨 눈부시게 반짝이도록 닦아야 합니다.”

*

언어 일체를, 언어의 모든 것을 땅을 파는 도구로, stilus이자 pinna로, 다시 말해 검劍이자 화살로 보는 생각의 전통은 형이상학보다 앞선 것이다. 철학보다 앞선 찬란한 고대 작품들을 탐구하겠다고 나설 생각은 추호도 없다. 산스크리트어, 메소포타미아어, 중국어, 이집트어로 쓰인 작품들, 성서나 소크라테스 이전의 작품들 말이다. 내가 발굴하려고 애쓰는 서양 전통은 철학의 발명 앞에서 제 저항을 자각하고 있어 반형이상학적일 뿐 아니라 결연히 반철학적인데, 프론토는 이 서양 전통의 주창자가 아니었다. 코르넬리우스 프론토는 자신이 아테노도토스의 생각을 물려받았다고 두 차례에 걸쳐 고백한 최초의 인물이다. 그리고 아테노도토스는 무소니우스로부터 물려받았다고 말했다. 그러나 내가 방금 인용한 프론토의 글은 내가 아는 한 철학 전통에 맞서는 화해 불가능한 대립이 존재했음을 명백히 드러낸 최초의 전쟁 선포다. 이 선언은 훨씬 오래되고 독자적이며 완강한 흐름이 집요하게 실재해 왔음을 보여 주는 증거다. 지중해 연안의 모든 대도시를 점령한 그리스 형이상학의 강박적이고 합리적이며 섬뜩한 서열화와 형식화의 난폭한 확산을 마주한 문인 계층에게 진정한 대안을 제공해 준 흐름 말이다. 그리스 형이상학과 이후의 기독교 신학, 그리고 현대 니힐리즘의 논리적 궁지들에서 벗어나기 위해 혹은 좀 더 심오한 성찰을 위해 동양을, 중국의 도교를, 선불교를 찾을 필요는 없다. 확고하지만 망각된, 대담해서 주변적인, 고분고분하지 않아서 박해당한, 시간의 바닥에서 나왔으니 형이상학보다 앞섰으며 뒤늦게 자리 잡은 형이상학을 거부하는 한 전통이 우리를 고유의 전통 속으로 이끈다.

*

나는 내 허기를 생각한다. 하루 동안 충족되면서 더 집어삼키려는 욕망을 잃는 그런 허기가 아니다. 나는 너무 많이 읽어서 만족할 줄 모르지 않는다. 너무 많이 읽어서 생각이 각 시대의 관례보다 앞서간다고 별안간 좌절하지 않는다. 생각이 언어 속 낱말들의 단순한 자기도취적 반짝임일 뿐이라고 판단한 적도 결코 없다. 언어는 초연하지도 않고, 비非개인적이지도 않으며, 도구적이지도 않고, 비非역사적이지도 않고, 신성하지도 않다. 나는 생각한다. 생각의 허기란 채워지지 않는 것이라고. 나는 생각의 혐오가—시간에 대한 명백한 두려움에 장막을 씌워 가리려고 애쓰는 이데올로기적이고 인도주의적이며 종교적인 격변들을 겪고 난 이후 이 시간의 생각이—머리를 허기지게 한다고 생각한다. 나는 낯선 무언가를 향한 호기심의 충동을 느낀다.

*

161년 3월 7일, 안토니누스 피우스 황제가 로마에서 19킬로미터 떨어진 로리움에 있는 시골집에서 사망했다. 그는 사흘 만에 죽었다. 그가 죽자마자 테베레강이 범람했다. 물의 힘에 강둑과 부교, 벨라브로와 키르쿠스 막시무스 지역의 집들이 무너졌다. 강을 이용한 밀 운송이 중단되면서 지독한 기아가 이어졌다. 이때 마르쿠스는 마르쿠스 아우렐리우스 안토니누스라는 이름으로 안토니누스 피우스의 뒤를 승계했다.

마르쿠스는 121년 4월 26일 로마의 첼리오 언덕 쪽에서 태어났다. 145년에 그는 열세 살의 안니아 갈레리아 파우스티나와 결혼했고, 열세 명의 자식을 두었다. 그리고 180년 3월 17일에 곡기를 끊고 세상을 떠났다. 그는 사람들이 더는 그의 얼굴을 보지 못하도록 머리를 스스로 가렸다. 그의 아들 코모두스가 왕좌를 계승했다.

마르쿠스 코르넬리우스 프론토는 104년에 아프리카 연안 키르타에서 태어났다. 136년 하드리아누스 황제 치하에서 그는 로마의 변호사가 되었다. 143년 안토니누스 치하에서 집정관이 되었다. 그리고 160년대 말에 통풍으로 사망했다. 바로 이 시기에 마르쿠스 아우렐리우스는 『선집*Excerpta*』[8]을 쓰기 시작했다. 그는 아내와 자식들의 시끄러운 외침을 피해 침대에서 일했다.

*

마르쿠스 아우렐리우스 황제는 제빵사가 의도치 않았지만 빵 표면에 생기는 균열이 이유 없이 사람의 눈길을 끌고 빵의 나머지 부분보다 더 식욕을 자극한다고 쓴다. 그는 빵 표면의 균열을 "쩍 벌어진 맹수 아가리 같다"고 말한다. 이건 아무래도 하나의 이미지다. 마르쿠스 아우렐리우스가 남긴 모든 작품은 이미지 모음집에 불과하며, 이런 시각으로 다시 읽어야 한다. 세상의 밑바닥, 다시 말해 세상을 지배하는 자연physis[9]의 약동과 이어 주는 이미지 모음집 말이다. 생명 유지에 필수적이고 사색적이며 연상적인 이미지들의 목록으로, 다시 말해 그리스어로 뒤죽박죽 쓰인 것을 미카엘 톡시테스[10]가 재발견한 뒤로 사람들이 스토아 철학의 서툰 편람처럼 읽는 것과는 정반대로 읽어야 한다.

---

8 뒤에서 얘기되겠지만 『명상록』으로 알려진 글을 가리킨다.

9 physis는 그리스 철학의 기본 개념 중 하나로, 대개 '자연'으로 번역되는데, 키냐르는 고대 그리스인들이 phallos(남근)를 가리키기 위해 우회적으로 지칭할 때 쓰던 말 중 하나라고 설명한다(『섹스와 공포』, 문학과지성사, 2007).

10 아우렐리우스의 『명상록』은 원래 저자 혼자 읽을 목적으로 쓴 일기 형태의 글로 두 개의 수기 원고 덕에 보존될 수 있었는데, 첫 번째 원고는 스테파노 그라디 소장본이 바티칸 도서관으로 제공된 바티카누스 그라쿠스 판본이고, 두 번째 원고는 시인이자 연금술사인 미카엘 톡시테스Michael Toxites(본명은 Michael Schütz)의 소장본으로, 그의 이름을 라틴화한 톡시타누스 판본으로 불리거나, 팔라티누스 판본이라고도 불린다.

*

흔히들 쓰는 "그 사람은 문학인이야"라는 표현은 욕설이 아니다. 이 표현은 의미를 품고 있다. 그것은 언어의 문자가 문자littera 그대로 붙들린 문학 전통을 떠올린다. 그것은 문학litteratura의 폭력이고, 논리적 추론이 불가능한 언어의 폭력일 뿐이다. 박해받고 주변으로 밀려난 이 문학인들의 전통에서 문자는 세상이라는 존재자 내부에서 인간이라는 존재자만이 가진 고유한 수단이다. 그들을 지배하고 구분 짓는 문자들의 분화에서 기인했을 뿐인 이 존재자들의 특성이며 심리와는 다르다. 소비자, 푸주한, 입법자,[11] 자연과학자, 철학자, 신학자는 제물이 된 언어에, 탈신화적인 것에, 사전에 재단된 로고스에 기대어 작업할 뿐이다. 그들은 언어의 효과에 대한 두려움 속에서 그저 정돈할 뿐이다.

*

언어는 그 자체로 탐구다. 철학 전통 속에서 언어는 sôma(몸)-sèma(무덤)처럼, 무덤이자 기호가 된 동물의 몸처럼, 기술처럼, 예술처럼 우리가 버리거나 수정할 수 있는 한낱 유물이다. 언어는 인간의 유일한 사회이며(재잘거림, 치장, 가족, 계보, 도시, 법, 수다, 노래, 학습, 경제, 신학, 역사, 사랑, 소설), 그로부터 해방된 인간을 우리는 알

---

11 고대 그리스 입법기관의 위원을 가리키는 nomothète라는 낱말을 썼다.

지 못한다. 곧 로고스는 철학에서 눈에 띄지 않게 되었다. 새 날개가 공기를 느끼지 못하듯이, 물고기가 낚싯바늘에 걸려 수면 위로 끌려 올려와 질식해서 죽어 가며 투명한 대기 속에서 파닥임을 멈추고 반짝일 때가 아니라면 강물을 느끼지 못하듯이, 철학을 펼칠 때 로고스는 눈에 띄지 않았다.

발자국vestigium, 신발창, 그것은 의미다. 자취다. 말하는 자가 다급히 말을 사용하면서 의미작용에 부여하는 신뢰다. 그런데 그것은 어떤 경우에도 유물이 아니고, 언어 속에서 탐색하는 몸이다. 몸은 (원초적) 소리psophos[12]다. 고대 그리스인들은 노래aoidè, 인간의 목소리audè, 인간의 것이건 동물의 것이건 언어phônè, 그리고 소리phthoggos를 구분했다. 아리스토텔레스는 소리psophos와 목소리phônè를 구분했다. 그는 『영혼에 관하여*Peri Psychès*』에 이렇게 쓴다. "목소리는 의미를 담은 소리이기 때문이다. 그것은 기침이 아니다. 인간의 목소리는 혼이다. 없어도 삶이 가능한 혼psychè." 아리스토텔레스는 『시학』에서 목소리가 하나의 기호sèma를 실어 나르는metapherein 소리라고 더 세심히 설명한다. 그렇기에 측두부를 다치면 소리가 지각되어도 말로 조직되지 못해 언어는 길을 잃고 만다. 모든 로고스는 메타포이고, 이동이고, 파토스다. 모든 로고스는 세 개의 별개 메타포metaphora[13]의 중첩으로 이루어진다. 기표psophos 위에 기의sèma를 실어 이동하는 메타포, 인간의 목소리

---

12 그리스어로 psophos는 소리의 질료, 원초적 상태의 소리, 소리의 기원을 뜻한다.

13 고대 그리스어 μεταφορά(metaphora)는 '실어 나르다'를 뜻하는 μεταφέρω(metaphérô)에서 왔다.

로 발화되는 소리를 영혼의 열정에 대한 상징symbola으로 이동하는 메타포, 그리고 다른 무엇을 가리키는 말을 어떤 사물을 향해 이동하는 메타포. 이것이 로고스 고유의 폭력이다. 언어의 맥락 밖으로 끌어내는 폭력. 언어는 생각의 마술사다, 라고 그리스의 소피스트들은 거듭 말했다. 로마의 웅변가들은 이어 말했다. 언어는 신탁vates, 종種의 신탁이다. 메타포(이동)를 통해 존재는 자신에게서 벗어나 존재자 속으로 옮겨가도 결코 거기에 체류하지 않는다. 언어는 결코 직접 말하지 못한다. 언어는 잠깐의 휴식도 알지 못한 채 자신을 실어 나르고, 빼내고, 솟구치고, 지나간다. 우리는 얼굴을 가질 수 없는 말들을 전달한다. 폭로되는 사실은 언어 속에 머물지 않는다. 그것은 스스로 이동하고 옮겨 가며 흔적 아래로 사라지고, 제 붕괴에서 떨어지는 돌 틈으로 끊임없이 달아나며, 모든 단일성의 맥락을 벗고 드러난다. 마르쿠스는 여러 차례 헤라클레이토스를 인용한다. 에페소스의 헤라클레이토스는 조각글 40편에서 이렇게 말한다. "자연은 숨기를kryptesthai 좋아한다." 또 조각글 16편에서는 이렇게 말한다. "본래physin 인간은 언어alogos를 갖고 태어나지 않는다." 조각글 43편에서는 또 이렇게 말한다. "로고스는 말하지도legei 않고 숨기지도kryptei 않으며 그저 신호할sèmainei 뿐이다."

헤라클레이토스의 조각글 18편에는 이런 말도 있다. "절대 눕지 않는to mè dynon 것에서 어떻게 벗어날 수 있을까?"

*

고대 로마에서 이미지 기술은 프레스코화와 이어져 있다. 프레스코화가 사자死者 숭배와 이어져 있듯이. 흙이나 밀랍 모형으로 만들어 아트리움[14]에 마련한 장에 보관하던 죽은 사람의 머리를 사람들은 이마고imago라 불렀다. 애도하기 위해 죽은 아버지의 이미지를 활용하는 기술, 마술사가 젊은 사냥꾼을 입문시키기 위해, 스승이 제자를 위해 쓰는 이미지 기술, 제자를 위해 스승이 쓰는 이미지 기술, 선사 시대 지하 동굴 프레스코 벽화의 이미지 기술, 가족 성찬에 쓰이는 아트리움 장의 이미지 기술은 모두 같다.

개들이 현존하는 냄새들을 잔존하는 냄새들과 대질하듯이, 인간은 말verba과 심상visione들을 대질한다. 플루타르코스는 에페소스의 헤라클레이토스가 이렇게 말했다고 전한다. “개들은kynes 자신들이 신원을 확인하지 못하는 것에 으르렁거린다. 영혼들은psychai 비가시계(하데스)를 감지한다. 헤라클레이토스가 사용하는 하데스라는 말은 그리스어로 시각aidès이 없는 것, 가시계可視界가 꺼지는 곳, 죽을 수밖에 없는 존재들이 죽고 나서 가는 곳, 그런 존재들의 체류를 다스리는 신을 가리킨다.

마르쿠스 황제는 재위기 동안 2세기 후반부에 두 차례에 걸쳐 사자死者들과 신들의 이미지의 오래된 공현公現 의식에 대한 거의 시대착오적인 갈망을 두 차례나 드러냈다. 랑고바르드족의 패배 이후

14 고대 로마 건축물 특유의 안마당

167년에 그는 7일 동안 고대 기원제 의식을 복원했다. 그는 로마 신들의 이미지들을 만찬에 자리한 손님들처럼 설치하라고, 황금빛으로 그린 그 상像들이 만찬에 참석한 살아 있는 사람들처럼 보이도록 주요 시민들은 식탁에 그것들을 모시라고 명령했다.

175년 아내 파우스티나가 할랄라에서 사망하자 마르쿠스는 칙령을 내려, 이후 그가 공연을 보러 극장에 갈 때마다 황후를 그린 황금빛 이미지를 황후가 평소에 앉았던 장소에 가져다 놓게 했다.

프론토는 가족을 다섯이나 잃었다. 그는 막내아들을 잃은 슬픔에 젖어 이렇게 썼다. "나는 아들의 입 모양을 상상한다. 잃어버린 아들의 얼굴이 눈앞에 선하다. 아들의 목소리sonum vocis가 내 마음속에서 울리는 듯하다. 이 이미지picturam가 그려지자 나의 고통도 흡족해진다. 그러나 죽어 버린 아이의 표정을 알지 못한 채ignorans 이렇게 닮은꼴을 추측하느라verisimilem conjecto 나는 애타고 기진맥진한다."

*

"철학이 아니라 철학의 근원으로 가십시오" 하고 프론토는 마르쿠스에게 거듭 말한다. "철학 속에서 리듬을, 말하는 목소리를, 그리고 그 목소리가 차용해 남아 있는 감정적 소리psophos를 잃지 마십시오. 철학의 울퉁불퉁 비뚤어진 논고sermones gibberosos, retortos를 물리치십시오. 나는 당신께서 낱말의 선택을 통해, 마음속 깊은 곳에 자리한 옛것의 새로움, 충동 깊이 자리한 오래된 것의 새로움을 통해, 이미지 탐구에 몰두함으로써 말의 힘potestas만이 아니라 그 잠재력potentia 속까지 파고들기를 바랐습니다. 인간의 언어는 무시하지 못합니다. 다만 그걸 좋아하지 않을 수 있을 뿐이지요 possis sane non amare. 크라수스가 웃음을 좋아하지 않고, 크라수스가 햇빛을 좋아하지 않고, 크라수스가 들판을 좋아하지 않은 것처럼 말이지요. 하지만 언어를 싫어한들 그 언어를 발화하는 인간에게는 아무 의미가 없습니다. 인간이 언어를 싫어하는 건 수확물이 언덕 경사면을 싫어하는 것이나 마찬가지지지요."

"힘은 언어입니다. 당신의 힘은 언어에 있습니다. 땅의 황제인 당신께서는 언어의 황제여야 합니다. 언어의 황제가 땅의 주인이기 때문입니다. 땅 곳곳으로 문자를 쉼 없이 발송하는 건 당신이 가진 힘이 아니라 언어입니다. 다른 나라 왕들이 출두하도록 호출하고, 법령을 공포하고, 반란을 사슬로 묶고, 대담한 시도를 공포에 빠뜨리는 것도 언어입니다. 앞선 황제들 가운데 누구도 그리스인들이 스케마타schèmata라고 부르는 계략을 쓰지 않았습니다." 프론토는 자기 야심을 털어놓는다. 마르쿠스 아우렐리우스를 모든 말言, 모든 스케마타, 모든 시뮬라크르, 모든 이미지, 모든 허수아비formidines(창 사냥에서 사용하는 빨간 깃털 허수아비)를 소유한 최초의 황제로 만들겠다는 야심이다. "낱말들은 당신께서 임하는 전쟁의 병사들입니다. 군단을 기르고 싶으시다면 자원병을 징집하는 정도로 만족하지 말아야 합니다. 로마 황제가 원로 회의 도중에 원로들 앞에서 혀끝에서 맴도는 이름을 찾느라 말이 하늘에서 수호신처럼 혀끝으로 떨어지길 기다리며 입을 헤벌린 채 전전긍긍하는 모습을 보일

순 없지 않겠습니까."

*

"우선 행동하고 나서 말하라, 라고 세심한 언어 사용역의 보유자들은 결론짓는다." 그리스인들의 로고스는 철학자들의 로고스가 되기 전에도, 심지어 위대한 플라톤 시대의 로고스가 되기 전에도 무엇보다 몸짓gestum, gestus이었고, 붙잡는 손길이었으며, 영원히 그럴 것이다. 신, 세상, 제국은 서술된 것들이다. 문학인은 자신을 언어 체계in flore와 동일시하지 말아야 하고, 특유의 지방어in herba와도 동일시하지 말아야 하며, 발아 상태in germine의 언어, 태초 종자, 문자littera, 언어의 문자적 실체, 문학적인 사물과 동일시해야 한다. "당신께서 만든 발아 종자를 당신 삶의 실천praxis으로 삼으십시오. 먼저 새들의 지저귐이 있었습니다. 그것은 가락 붙은modulatae 첫 목소리들이었고, 목동들의 새피리 소리가 나타난 건 나중이었지요. 목동들은 새를 유인하려고 새소리를 흉내 냈습니다. 목동들의 새소리 때문에 봄의 새소리를 잊지는 말아야 합니다. 루크레티우스는 에피쿠로스와 데모크리토스의 제자로서, 철학자로서 위대했던 것이 아닙니다. 그가 위대한 건 이미지들을, 목동들의 모방을, 사람들보다 앞선 존재들의 언어를 기억했기 때문이지요. 힘없는 부차적인 목소리들로 자극하는 것들은 우리를 홀리지 못합니다." 철학은 언어 고유의 포식을 외면하게 하기에 거부되어야 한다는 얘기다.

코르넬리우스 프론토가 마르쿠스 아우렐리우스에게 보낸, 그리고 역으로 마르쿠스가 프론토에게 보낸 모든 편지가 위기를 이야기한다. 그 편지들은 청소년기 마르쿠스가 철학에 심취했음을 보여준다. 프론토가 마르쿠스의 다른 두 스승인 아폴로니오스와 퀸투스 유니우스 루스티쿠스와 경쟁 관계에 들어선 순간부터 마르쿠스의 열정은 거의 과도하다 싶을 정도로 증폭된다. 세네카(젊은 네로의 가정 교사)를 코르넬리우스 프론토(젊은 마르쿠스의 가정 교사)는 처음엔 올리브로 눈속임 재주를 부리는 마술사로, 그 후엔 시궁창 같은 인물로 취급한다. 프론토는 마지막으로 덧붙인다. "세네카의 물렁물렁하고 열띤 자두를 뿌리까지 뽑아내야 합니다." 프론토의 분노는 그가 세상을 떠나고 한참 후까지 황제의 영혼에 흔적을 남긴다. 죽은 뒤 그의 몸은 태워지고, 얼굴은 밀랍으로 모형이 떠져 이마고로 만들어진다. 황제는 이미지 채굴을 계속하고, 그것들을 프론토의 유령과 맞세우고, 죽은 프론토의 이마고에 술을 올리듯이 바친다. 바로 이것이 얼토당토않게 『명상록』이라는 제목이 붙게 된 책이다. 원래는 『선집』이라고 해야 할 것이다. 그게 아니면, 황제가 사용한 그리스어로 『아이콘』이라고 하든지.

톡시타누스 판본에 붙은 제목은 더 겸손해서 진실처럼 보인다. 『자성록 *Ta eis eauton*, 自省錄』.

프론토는 받아들이기 가장 힘든 생각들의 위험에, 그리고 더없이 고통스럽거나 길들이기 힘든 경험이 초래하는 실어증에 과감히 audaciter 대적할 수 있으려면 언어를 닦아야 한다고 말했다. 가장 작은 돛과 노를 갖추고 제 길을 나아가야 한다. 그러나 난데없이 피치 못할 일이 닥칠 때는 언어의 큰 돛을 펼칠 수 있어야 한다. 작은 보트lembos와 작은 고기잡이배celocas, 철학, 역사, 법, 격언, 법령, 감언이설, 관습은 거침없이 뒤에 남겨 두고 나아가야 한다.

*

우리가 속한 집단에게 빛과 공기, 물과 흙, 식물과 동물은 시간과 공간의 제약을 받을 뿐 아니라 그것들 각각의 속성에도 제약받는 기묘한 가용 자원이다. 모든 게 언어 없이 주어졌다. 모든 게 이성을 갖추고 있지 않다. 이성이란 언어의 귀결일 뿐이어서 끝이 있을 수 없고, 그저 언어에 의해 할당될 수 있을 뿐이다.

인간의 사회, 도시, 문화, 결혼 규범, 언어, 기술, 정복을 위한 이동, 역사 또는 종교의 형태로 꿈꾼 종말은 자연적 여건, 물리적 지참자산, 생물학적 지참자산과 조금도 단절되지 않은 획득물들이다. 동물들은 이미 교미기를, 지저귐을, 군집 방식을, 법칙을, 몸치장을, 이동 방식을 가지고 있다. 인간 사회는 그 할당에서, 자연을 특징짓는 그 에네르게이아energeia에서 해방될 능력을 갖추고 있지 않다. 신석기 시대가 끝날 무렵에 불쑥 생겨난 역사는 산물들의 축적(부기簿記의 발명)을 동반한 포식(전쟁의 발명)의 정점akmè이었다. 역사는 결코 생물학적 닻줄을 끊는 일도 아니고, 개별적 존엄의 원천도 아니었다. 그것은 차라리 공포의 할증(동족 간의 포식)이다. 공포 속에서조차도 우리는 자연과 단절되지 않았다. 다만 허기가(맹수들의 아가리 크기가) 짐승들의 사나움에 부과하는 한계를 날려 버렸을 뿐이다. 인간의 언어는 짐승들을 모방하는 데서 생겨나 우리 안에서 격화된 비명이다. 우리를 덮쳐 오는 두 파토스, 죽음과 성性, 고통과 쾌락의 파토스를 조직하는 비인간적인 수단이다. 다른 많은 종의 동물이 이 수단을 소유하고 있으며, 그것이 내면에서 그들을 불쾌감과 만족감으로 갈라놓는다. 사냥, 농경, 전쟁은 중첩된 모방 포식들로, 그것이 역사를 이룬다. 우리는 시원의 공간과 관계된 것을 찾아 기원의 영역 밖으로 달려 나갔지만, 우리를 이끄는 기괴한 충동은 여전히 똑같다. 비인간적이고, 자연적이며, 타고난 충동이다.

*

"예술은 존재 속에 녹아들고, 산물은 여건 속에 녹아든다." 이 글을 쓴 사람이 세르주 모스코비치[15]인지 아니면 코르넬리우스 프론토인지 아니면 롱기누스[16]인지 또는 에크하르트[17]인지, 또는 쿠자누스[18]인지 비코[19]인지 모르겠다. 셰익스피어는 이렇게 썼다. "자연을 모방하는 예술은 자연을 만드는 예술에 속한다."

---

15 Serge Moscovici(1925~2014). 루마니아 출신 프랑스 사회심리학자
16 카시우스 롱기누스Cassius Longinus(217~273). 그리스 문헌학자, 수사학자
17 마이스터 요하네스 에크하르트Meister Johannes Eckhart(1260~1328). 중세 독일의 신비주의 사상가
18 니콜라우스 쿠자누스Nicolaus Cusanus(1401~1464). 독일의 신학자, 철학자, 추기경, 수학자
19 잠바티스타 비코Giambattista Vico(1668~1744). 이탈리아 철학자, 수사학자, 역사가

*

영장류에서 인간으로의 이행은 하나의 한계가 되지 않는다. 인간의 기원은 없었다. 자연은 인간을 통해 분출된다. 화산 꼭대기에서 용암으로 분출되듯이. 시간이 흐르면서 동시에 이루어진 여러 종의 느린 변신은 저마다 고유의 변이를 이행했다. 그중 하나는 다른 모든 종처럼 먹이를 찾다가 두려워서 염탐하던 큰 육식 동물들의 포식을 모방함으로써 놀라운 방향을 찾아냈다.

인간이라는 종은 변이를 겪지 않았다. 먹이의 입장에 자리했던 종이 포식자로 전향했을 뿐이다. 포식자의 사나움과 그에 대한 두려움이 인간을 홀린 것이다. 무리 짓기는 인간의 신화다. 영장류 원숭이들은 무리 지어 산다. 암컷들, 젖먹이들, 우두머리이자 번식자로 지배하는 수컷 한 마리가 안정적인 핵심을 이룬다. 부실한 수컷들로 이루어진 주변부 무리는 가장자리로 쫓겨난다. 중심부를 둘러싼 영토는 채취 영역으로 제한되어 미미한 이동을 조장한다. 주변의 젊은 수컷 무리는 어미와 암컷들로 구성된 안정적인 핵심부 주위로 더 이동한다. 가장 어린 수컷들이 주변으로 축출되면서 근친상간은 불가능해지는데, 근친상간 금지는 그저 하나의 결과일 뿐이다. 그들에게는 가정의 원천으로 접근하는 것도 똑같이 금지되어 있다. 경쟁, 주변부, 동성애, 불안정, 기근, 농작물 절도가 그들의 운명이 된다.

과거 복원술은 피할 길 없이 우스꽝스러워질 위험에 처하게 되는 헛되고 무모한 일이다. 자기 기원에 대한 의문은 언제나 어린 인간의 목을 졸랐으며, 심지어 그 의문은 반사적 생각이 되어 성찰을 낳는다. 눈에 보이지 않는 장면이 뇌리에서 떠나지 않는다. 억측은 망상이지만, 그것들에 대한 검열은 착란이다. 우리는 우리가 가정하는 동물계와 자연계의 "초탈"을 결코 경험하지 못했다. 오히려 집착만 늘었다.

주변부에서 포식당할 위험에 놓인 수컷들은 그들을 위협하는 먹잇감을 향해 다가갔고, 그 먹잇감들과 한편이 되었다. 한 먹잇감이 한 먹잇감을 탐내고, 그 먹잇감을 두고 다른 먹잇감들과 싸운다. 이것이 인류의 근원이다. 모방 포식 말이다. 포식자들이 남긴 잔해를 냄새 맡는 다른 포유류 곁에서 죽은 고기에 던지는 눈길, 그 눈길 위로 썩은 고기를 노리는 또 다른 동물의 눈길이 맴돈다. 그것이 인간이, 늑대가, 독수리가 된다.

세르주 모스코비치는 우리가 어떤 방식으로도 영장류의 "인간화"는 말할 수 없고, 일부 영장류의 "수렵 활동cynégétisation"은 말할 수 있다는 걸 보여 주었다. "약탈praedatio"이 채집(그리스어로는 로고스)을 찢어 놓았다. 사냥은 채취를 훼손하고, 초식 동물을 늑대와 맹금류 근처에서 염탐하다가 큰 육식 동물의 잔해를 먹는 포유류로 바꿔 놓았다. 초식 동물들은 시체를 먹다가 육식 동물로 바뀌었다. 이 이동이 최초의 메타포metaphora다. 인간은 스스로 모방하고 잡아먹던 것들로 옮겨 갔다. 곰, 사슴, 독수리, 늑대, 황소, 매머드, 야생 염소, 들소. 혹은 콜럼버스 발견 이전 세계의 퓨마, 재규어, 콘도르 등. 육식 동물의 살을 자르고 나누는 걸 제물로 바친다고 말한다. 인간은 먹잇감들을 쫓아가 먹잇감들이 살던 자리에, 그 동물들이 자기 굴로 삼은 동굴 속에, 구덩이 속에, 우물 속에 자리를 잡았다. 사냥은 독점적인 생활 양식이 되었다. 동물은 본보기이고, 이미지이고, 경쟁자이고, 양식이고, 신이고, 의복이고, 달력이고, 고함의 대상이고, 꿈의 주제이고, 자식들의 보금자리이고, 운명 같은 이동이고, 여정 같은 세계다. 마들렌기期 동굴 벽에 그려진 인간의 얼굴은 곰, 늑대, 독수리 또는 사슴의 머리를 단 짐승의 모습을 하고 있다. 공격성, 사나움, 전쟁은 우리 내면에서 유전적으로 발휘된 것이 아니다. 사냥에서 비롯된 것들이다. 그것은 유물처럼 주어진, 긴 죽음의 수련 과정이었다. 동족 포식은 다음 단계였다. 그것은 사냥의 정점이고, 전쟁의 시작이다. 일부 영장류가 인간이 되었다고 말하는 건 전형적인 사냥꾼들이 짐승이 되어 가는 느린 이행을 가리킨다.

*

모든 집단생활에서 벗어난 희귀종. 밍크, 표범, 담비, 오소리, 나.

*

마르쿠스의 선집(탐구적 이미지와 보편적 마법의 선집)을 있는 그대로 읽으면 고대가 우리에게 남겨 준 가장 심오한 텍스트 가운데 하나가 된다. 사적이면서 세심하고 교육적이며 교과서적인 구성 특징을 보이는 이 텍스트는 불가사의하고 강력한 힘에서 다마스키오스의 『파르메니데스』[20]나 용케 보존된 고르기아스의 『로고스』 세 권에 비견할 만하다. 철학자들에게 충격을 안긴 『명상록』의 모순되고 산만하며 착란적인 특성이 거기서 비롯했다. 이 책을 구성하는 건 결속되고 연역적으로 이어져 정렬된 논거들이 아니다. 이성을 갖췄거나 아니면 적어도 의미를 갖춰 체계를 형성하거나 혹은 자기 고백을 하는 인간의 심리를 밝혀 주는 논거들이 아니다. 이 책에 담긴 건 그날그날 처한 상황에 던져져 상황을 잇는 데 유효한 이미지들이고, 운명들이다. 최고의 그물이 낚아 올리도록.

어느 날 마르쿠스는 프론토에게 자신의 어린 딸 도미티아 파우스티나가 복통을 앓았는데alvi fluxus 아직 완전히 낫지 않아 미열도 있고 기침도 좀 한다고 편지에 썼고, 프론토는 어린infans 공주의 목소리에 영향을 끼칠 기침tussicula이라는 말에 불현듯 불길한 느낌consternatus이 든다. 그는 자신이 느끼는 두려움pavor을 이미지로 떠올리려 애쓰며 그것을 멀리하고, 거기서 벗어날 희망을 품는다. 언어는 파토스다. "내가 당신의 편지를 읽으며 무엇을 느꼈는지는 잘 압니다. 그러나 그걸 느낀 이유는 알지 못합니다." 이때 프론토는 이미지 이론의 아버지, 이미지 채집(그리스어로는 아이콘의 로고스)에 관한 진정한 이론가인 스승의 이름을 처음으로 내놓는다. "나는 스승이자 아버지이신 아테노도토스에게 머릿속으로 표상과 사물의 이미지들을 구상하고 짓는 법을 배웠습니다. 그분은 이미지를 그리스어로 아이콘이라 불렀는데, 나는 메타포가 사물을 떠받치

20 플라톤의 『파르메니데스』에 대한 다마스키오스의 해설서를 가리키는 것으로 보인다.

는 이미지를 다른 이미지를 향해 이동시킴으로써 그 이미지를 한결 가볍게 만들고, 그것의 심상을 증폭함으로써 덜 날카롭게 만든다고 생각합니다. 언어에 힘입은 이 이동translatio은 무거운 짐을 어깨에 진 사람이 오른쪽 어깨에서 왼쪽 어깨로 짐을 옮기는 일과 유사해서, 그 변화는 경감처럼 보이지요.”

어린아이의 기침에서 등에 짊어진 자루까지 언어의 이미지들은 동요된 감정과 두려움에 그물을 던져 마치 프론토가 목소리를 잃은 어린 공주의 기침 소식에 느낀 나쁜 파토스를 길들이는 듯하다. 이동은 어깨를 바꾸게 한다. 메타포는 치유하는 게 아니라 짐을 덜어준다. 그것은 경감이다. 그리고 이미 재탄생이다.

*

지금까지 보존된, 코르넬리우스 프론토와 마르쿠스의 편지들 대부분이 가능한 이미지 탐구이자 정서를 위한 가능한 매듭 탐구이고, 군림하는 늙은 황제 안토니우스에 대한 찬사를 증폭해 줄 메타포를 찾는 고된 탐색이며, 마땅히 행해야 할 의무를 위해 발췌한 이미지 목록이다. 마르쿠스 아우렐리우스는 이렇게 썼다. “저는 오늘 충분히 읽었습니다. 7시부터는 침대 속에 있습니다. 거의 이미지 열 개를 끝냈어요. 다만 아홉 번째 이미지에 걸려 넘어져 있습니다.”

프론토는 언제나 가장 능숙하고, 가장 뜻밖이며, 가장 경제적이고, 가장 빛을 발하며, 가장 압축된 아이콘을 찾아내어 그에게 응답한다.

흘러가는 날만큼 이미지는 많다(영혼의 아트리움 속 망자들의 머리만큼이나). 시간, 장소, 권력, 안토니우스의 노화, 죽음에 관한 이 불교적 고행은 소설에 가까운 정신적 수련이다. 프론토는 키케로의 글 쓰는 방식을 비판하며 이런 식으로 추론한다. "키케로에게는 예상 밖의, 뜻밖의 낱말insperata adque inopinata verba이 없다. 기대 너머에서praeter spem 불현듯 등장해서 독자나 청중을 후려치는 낱말을 나는 예상 밖, 뜻밖의 말이라고 부른다. 방어를 포기하게 되는 낱말, 조상의 얼굴처럼 떠오르는 낱말, 자는 동안 이마고처럼 일어서는 낱말 말이다." 어느 조상이 불쑥 나타나 우리 곁으로 돌아오듯이.

*

인간 집단은 그들 인간성을 자신들의 근원과 자신들에게 할당된 지참자산을 박탈당한 탓으로 돌리고 싶어 한다. 그들의 민족 언어는 그들의 지역 도시와 마찬가지로 하나의 장막을 짜서 하나의 질서를 세우길 희망한다. 그 질서가 그들의 털과 송곳니와 생식기와 짐승의 방식, 다시 말해 전혀 특별하지 않은 방식의 번식과 거친 숨결, 다른 포유류들의 시신들처럼 썩어 가며 맹금류와 사체 먹는 포유류들의 식욕을 자극하는 그들의 시신과 그들을 구별해 준다. 사회관계는 이런 타자의 배제 위에 구축된다. 우리가 유래한 타자, 우리가 유래하길 원치 않는 타자, 결코 어느 타자가 아니고, 인간 자체가 그러하듯이 결코 인간이 아니라고 비난받는 타자의 배제 위에.

자연에 맞서 죽음을 무릅쓰는 전쟁은 자연의 힘을 앗아 버린다.

자연의 물을 암소 몸속의 우유처럼, 불을 늑대 내면의 개처럼, 물속 힘을 벌통 속 꿀처럼, 바람 속의 격렬한 힘을 제어함으로써. 그러나 결코 대양, 강, 벌, 늑대, 돌풍은 그것들을 집어삼키는 포식이 활용할 때는 있는 모습 그대로 나타나지 않는다.

혈기와 하늘의 바람 사이에 심연이 팬다. 전류와 산꼭대기 강의 원천 사이에 심연이 팬다. 언어와 목소리 사이에 심연이 팬다. 목소리는 세상을 기쁨과 고통으로 나누는 수단이다. 문학litteratura은 문자litterae의 원자적atomique 근심이다. 문학적이란 건 관습에서 문자가 절대 분리되지 않는 생물학적 바닥까지 거슬러 오르는 무엇이다. 심연의 끊임없는 부름에 열린 청각이다. 원천과 개화 사이에 끊임없이 패는 심연에서 올라오는 부름, 상류로 오를수록 점점 더 풍성해지는 아득한 부름에.

*

아주 긴 시간 동안 우리의 사회와 생각들을 산출한 인간들은 자신들이 겪은 변신에 대해 폭로한 적이 없었다. 그들이 사로잡힌 자연이, 질척한 바닥이 수천 년 동안 분화할 때 겪은 변신 말이다. 합의에 따라 우리는 동물의 출현을 3백5십만 년 전으로 보고, 선사 시대는 4만 년 전, 그리고 인간의 역사는 9천 년 전에 시작되었다고 본다. 참으로 느리게 변해 온 우리의 모습은 매일 우리로부터 달아난다. 일상의 불투명성, 세심한 열성, 탐욕스러운 결의가 우리의 삶이다. 어느 날, 우리가 숲을 떠난 것이 아니다. 어느 날, 채취를 떠난 것이 아니다. 어느 날, 사냥을 발명한 게 아니며, 또 어느 날 화살을, 또 어느 날엔 개를, 가정을, 예술을, 죽음을 발명한 게 아니다. 이성과 현대의 합리성이 후손들에게 믿게 하는 것처럼 인간이라는 종은 자연에 맞서 싸우는 걸 첫째 운명으로 타고난 것이 아니다. 우리는 먼저 맹수에 매혹되었다. 맹수들을 죽이기 위해 맹수들이 내지르는 비명을 흉내 냈다. 호메로스의 세이렌들은 독수리의 날개를 달고 백골들 위에 군림한다.

호모 종의 단일화는 50만 년 전으로 꼽을 수 있다. 성장이 포식과 연결된 건 단순히 포식이 먹잇감의 추적이며 그들의 이동과 혼동되기 때문이다. 먹잇감들이 이동했기 때문에 인간도 퍼져 나갔다. 해빙은 만2천 년 전쯤에 시작되었다. 최후의 사냥꾼들은 9천 년 전에 화살을 발명했고, 개를 길들였다(신석기 시대 이전에 이루어진 최초의 가축화). 개사냥과 매사냥. 두개골의 숭배는 7세기에 근동 지역에서 나타났다. 차탈회위크[21]에서는 죽은 이들의 목을 잘라 생존자들의 집에 두고, 나머지 시신은 희생 제의의 잔해와 연기, 그리고 식탁의 음식 부스러기처럼 하늘의 독수리들이 먹도록 남겨 두었다. 6천 년 전쯤, 도자기의 발명이 있었다. 진흙으로 만든 최초의 여신들의 가슴에서 독수리 부리들이 발견되었다. 해수면 높이(빙하기 때는 -130미터였던)가 4천 년 전쯤에 현재 높이까지 상승했다. 빙하기 동물들은 사라졌거나 북쪽으로 이동했다. 그 동물들을 따라가지 않은 서양인들은 매머드와 순록을, 절벽과 눈을 잊었고, 혹은 세상의 바닷물들을 일으

21 튀르키예의 아나톨리아 지역에 있는 신석기 시대 초기 도시 유적지

키고 대륙들을 고립시킨 전복적이고 느린 홍수를 잊었다. 바다는 쉬지 않고 불어났다. 숲속 동물들도 수가 늘어났다. 우리는 선사 시대에서 고대로의 변모를 임의로 3천5백 년 전으로 잡는다. 말馬은 역사 시대에 이르러서야 가축화되었다. 말 사육은 먹기 위한 것이 아니었고, 이미 신석기 시대가 지나서 이루어졌다. 바퀴 발명은 4천 년 전쯤에 이루어진다. 문자의 발명은 메소포타미아에서는 3천3백 년 전, 이집트에서는 3천백 년 전쯤으로 꼽을 수 있다. 교통수단과 전쟁과 역사가 도시와 문자, 그리고 돼지 사육의 뒤를 이었다. 전쟁(인간에 의한 인간 사냥)은 돌연히 3천 년 전부터 번진다.

*

“세상은 심연의 배출구déversoir다.” 라틴어로 Deversorium은 숙박소다. 마르쿠스는 이미지를 바꾼다. “세상은 하나의 도시이고, 세상의 국가들은 한낱 주거지들일 뿐이다. 평온한 별들은 영원한 뇌우다.”

마르쿠스는 모든 로마인처럼 유일한 원천을, 매혹적인 유일한 솟구침을, 다시 말해 자연을 믿는다. 그것은 솟구쳐서 뿌려진다. 뿌려지기에 신처럼 다수다. 신은 그렇게 뿌려진 물방울과 종자들일 뿐이다. 프론토를 계승한 마르쿠스의 고풍스러운 결정들은 미학이 아니라 정치적 견해에 해당했으며, 황제의 발췌문을 보면 그가 그걸 전적으로 인식하고 있다는 걸 확인할 수 있다. 영혼은 인간의 언어와 마찬가지로 시원적이며, 사회의 설립과 마찬가지로 학살의 시간이 이어지는 동안 선행 인류의 포식에서 해방되지 못한다(곡물빵 껍질의 균열에서 그는 여전히 크게 벌린 맹수의 아가리를 본다).

*

맹수와 빵의 균열에 관한 글이 제시하는 수수께끼는 내가 앞에서 말한 것보다 해석하기가 훨씬 어렵다. 아이콘은 인간의 입으로 다루기 쉬운 무기가 아니다. "빵이 익으면서 군데군데 틈이 벌어지는데, 그 균열diechonta은 제빵사의 기술과 무관하게 생긴다. 무화과가 아주 잘 익어서 벌어지는 것도 썩은 올리브가 터지는 것과 마찬가지다. 사자들의 이마to episkynion tou leontos, 노인들의 얼굴gerontos, 멧돼지들의 주둥이에서 흐르는 거품은 아름답진 않지만 묘한 끌림psychagôgei이 있다." 이 텍스트는 아주 기이하다. 맹수의 흔적과 자취를 쫓으며 죽은 먹잇감의 잔재를 찾아 추격하는 사냥꾼을 떠올리는 듯하다. 다가오는 죽음은 식욕과 미의 감정을 낳는다. 언어를 넘어서는 사색思索이 있다. 자연이 침묵 가운데 무르익음의 절정에, 부패의 절정에 내주는 사색이다. 마르쿠스는 말한다. 아름다움은 때아닌 것과 때맞은 것을 나눈다. 노인의 얼굴에, 너무 익어서 터져 버린 무화과에, 빵의 균열에, 멧돼지며 사자 같은 맹수의 크게 벌린 아가리에 나타나는 죽음은 때맞다. 유혹적이다. 로고스 없는 이 아름다움은 hôra, 즉 계절의 한 속성이다. 그것은 akmè, 적절한 때의 무르익음, tempestas이다. 우발적인 끌림은 불결함sordidissima과 시의적절성tempestivitas을 결합한다. 알부시우스 실루스는 한 세기 반 앞서서 우리의 욕망을 혼란에 빠뜨리는 것에 대해 이와 유사한 분석을 했다. 마음을 어지럽히는 불결함이 아름다움과 성스러움에 더해진다. 그것은 자연 고유의 흔적이다. 죽음은 무엇보다 도드라진 잔해였다. 허기를 자극하는 잔해. 자연의 사고事故는 인류에게 제 본성의 우발성을, 사냥의 열정적인 찌꺼기를, 큰 짐승 고기의 흔적을 환기한다. 맹수들의 벌린 아가리를 환기한다. 죽음은 잡아먹던 옛 삶의 열정적 증인이므로. 죽음은 맹수이므로.

*

"죽은 것은 세상 밖으로 떨어지지 않는다." 그 이유는 단순하다. 맹수 아가리 속으로 떨어지기 때문이다. 열두 권의 명상록은 오직 한 가지 목표를 겨냥한다. 판단의 독자성, 인간이 노예가 되는 것(언어)에 대한 제어, 이미지의 솟구침, 생명력의 효모, 보편적 코나투스 conatus[22]의 집약, 종자, 씨앗, 생물학적 아비, 스승, 이미지(아이콘), 신 등을 향한 감사.

마르쿠스 아우렐리우스의 선집 열두 권에서 자연은 보편성universitas이자 동시에 변신metamorphôsis으로 정의되어 있다. 자연이 지닌 가장 소중한 점은 파란만장한 변화metabolè다. 만물은 모든 걸 휩쓸어 가는 폭우cheimarros 같고, 폭우는 점점 더 거세지면

---

22 사물이 본디부터 가지고 있고, 스스로 높이려는 경향. 스피노자는 코나투스를 모든 유한한 사물들의 본질로 보았다.

서 스스로 휩쓸린다. 그렇게 제작자는 제작물 속에 끈질기게 남는다. "우리 모두가 유일한 작품을 완성하는 데 가담한다. 헤라클레이토스는 잠자는 사람조차 하나의 작품을 만드느라 애쓰고, 세상에서 만들어지는 것에 가담한다synergous고 말했다. 인간은 태양처럼, 바람처럼, 혹은 맹수처럼 무심하다adiaphoros."

『명상록』의 문장 하나하나가 함정의 그물을 짜서, 삶을 그 그물 속으로 몰아넣는다. 그 문장들은 무엇보다 단순한 이미지들imagines이다. "숲과 들판을 가로지르며 흐르는 시냇물이 바다를 찾듯이 불꽃은 높이 치솟으며 태양을 찾는다. 바다는 시냇물 떼다. 인간이 떼를 지은 것이 도시이듯이 태양은 불꽃의 떼다."

그 후 아이콘은 점점 더 밀도 높게 압축되어 스스로 생략하는 데서 뽑는 힘을 끌어낼 정도다. 그러면 메타포는 두 힘의 합선으로 변한다. "아시아, 유럽, 세상의 구석구석들. 아토스Athos는 하나의 땅덩어리다. 현 시간 전체가 하나의 점이다. 모든 것은 작다Panta mikra. 크게 벌린 사자 아가리to chasma tou leontos, 가시akantha, 진흙탕borboros은 신의 결과물이다."

코스모스란 무엇인가? "어린아이들은 갖고 노는 공을 아름답다고 생각한다. 자연은 공을 던지는 아이처럼 행동한다. 터질 물거품은 어떤 고통을 느낄까?"

"이 오이sikyos는 쓰니 던져 버려라. 길에 가시덤불batoi이 있으니 피하라. 왜 그게 세상에 존재할까? 라는 말은 덧붙이지 말라. 그대가 목수나 구두장이의 작업장 바닥에 떨어진 대팻밥이며 짐승 가죽이나 부스러기를 보고 그들을 비난한다면 그들에게 비웃을 빌미를 제공하는 것이다.”

“전쟁을 증오하거나 죽음을 싫어하는 건 맑은 샘물가에 앉아 그 샘물에 욕설을 퍼붓는 것이나 마찬가지다.”

“죽음은 이빨이 나고, 수염이 자라고, 흰머리가 나오고, 여자들의 몸이 봉긋해지는 것과 마찬가지다.”

*

마르쿠스는 나이가 들면서 프론토의 가르침을 다시 떠올린다. “그대가 자꾸만 다시 생각하게 되는 것을 사랑하십시오. 학교 선생paidagôgon을 찾듯이 철학을 찾지 마시고, 눈 아픈 사람ophthal-miôntes이 수건과 달걀을 찾듯pros to spongarion kai to ôon 하십시오. 철학은 찜질katalplasma 같은 것이니.”

그의 글은 결코 케케묵은 논증을 늘어놓은 것이 아니다. 황제의 글을 읽은 모든 독자가 이해했겠지만, 3분의 1은 에피쿠로스와 루크레티우스에게, 3분의 2는 스토아학파와 에픽테토스에게 돌아간다. 황제가 루크레티우스, 에픽테토스 혹은 헤라클레이토스를 읽기로 선택한 건 그 작품들이 어느 것보다 이미지들로 짜인 작품들이었기 때문이다. 이들의 작품뿐만 아니라 모든 책이 강력한 아이콘들을 끌어내기 위해 낱낱이 세분된다. 유일한 목표는 메타포의 발효다. 구석기 시대의 인간이 죽은 사람의, 다시 말해 조상의 뇌와 힘을 빨아들이기 위해 두개골을 잘랐던 것과 같은 방식이다. 조상들의 계보가 이미지의 대열을 이룬다. 시신들의 머리는 진흙이나 밀랍에 형적을 남겼다. 장 속에 줄지어 놓인 그 머리들은 제례 때 밖으로 꺼내졌다. 그리고 중요한 의식 연설 때 전시되었다. 그것들은 원형 극장에 앉혀졌다. 사람들은 괴로울 때 그 머리들을 찾아가 자비를 빈다.

*

그는 황제 소설가다. "그들이 먹을esthiontes 때 어떤 사람인지 보라. 그들이 잠잘katheudontes 때 어떤 사람인지 보라. 그들이 정사를 나눌ocheuontes 때 어떤 사람인지 보라. 그들이 용변을 볼apopatountes 때 어떤 사람인지 보라. 상상하라. 그대의 이미지 작업을 이어 가라. 정체성들을 뒤섞어라. 산 자들을 죽은 자들의 정체성 아래 상상해 보라. 그러면 이런 생각이 들 것이다.

'대체 이들은 어디 있는 거지?'

그리고 이런 대답이 떠오를 것이다.

'어디에도 없고 아무 데나 있다.'"

*

사색적 수사학의 토대가 되는 책은 프론토가 철학에 맞서 선언한 전쟁 선포보다 훨씬 오래된 것이다. 한 세기나 앞선다. 가짜 롱기누스라고 불리는 저자가 쓴 『숭고함에 대하여*Peri hypsous*』가 그 책이다.[23] '가짜 롱기누스'라는 이름은 저자의 정체성에 의혹을 던질 뿐 아니라 그의 실존을 불확실하게 뒤흔들고, 작품마저 진위를 알 수 없는 도용처럼 의심하게 할 우려가 있어서 티베리우스 통치기에 글을 썼고 자기 작품을 포스투미우스 테렌티아누스[24]에게 보낸 이 그리스 작가를 나는 로기노스 또는 로긴으로 부르자고 제안해 본다. 아테노도투스나 무소니우스의 작품은 하나도 남아 있지 않다. 남아 있는 로기노스의 저서는 빠진 부분이 너무 많아서 그의 생각이 취하는 반철학적 입장이 프론토의 경우만큼 단호하고 확고해 보이지 않는다. 그러나 고대 문학이라는 관점에서 이 충격적인 소론은 일본의 전통 연극 노能에서 제아미[25]의 불가사의한 책이, 혹은 불교 문학에서 승려 겐코[26]의 작품이 차지하는 자리와 맞먹는다.

그 책은 어조, 긴장, 억양, 언어 고유의 에네르게이아를 다룬 소론으로, 간략하게나마 인간 경험의 높고 낮은(숭고하거나 비천한) 한계와 깊이를 탐색한다. 『숭고함에 대하여』는 로고스의 "절정들"을 끌어모은 아이콘 모음집이기도 하다. "숭고함hypsos은 로고스의 최고 절정이다."

그것은 문학 창작을 지고한 예술로 다룬 무형식의 위대한 책이

---

23 이 책은 오랫동안 그리스 철학자이자 수사학자인 카시우스 롱기누스(213~273)의 작품으로 얘기되었으나, 1세기 후반경의 어느 그리스 수사학자가 쓴 저작으로 추정되어, 그 저자를 '가짜 롱기누스'라고 불렀다.

24 Postumius Terentianus. 2세기 로마의 라틴어 문법학자

25 世阿彌(1363~1443). 일본의 전통 가무극 노의 기초를 구축한 연기자이자 이론가

26 요시다 겐코吉田兼好(1283~1350). 중세 시대 일본의 승려이자 문인. 중세를 대표하는 수필집 『도연초』를 썼다.

다. 목소리를 내는 자연에는 한계가 없다. 용해되려는 선천적인 것과 열광하려는 후천적인 것 사이, 작가의 재능과 언어적 기교 사이, 생물학적 상황과 역설이며 이미지의 탐구 활동 사이에도 경계가 없다. 숭고함은 듣는 이를 설득pistis이 아니라 열광ektasis으로 이끈다. 위대한 시인이나 위대한 산문 작가는 몰아지경의 말을 찾는다. 절정에 이른 언어는 thauma(놀람, 감탄)와 ekstasis(황홀)를 뒤흔들고, 생각에 빛의 감각을 안긴다. "예술technè이 실현되고, 그것이 자연스러워physis 보일 때, 자연도 우리가 미처 깨닫지 못하는 가운데 예술을 품고lanthanousan 제 목표에 도달한다. 예술은, 이야말로 더없이 중요한kyriôtaton 점인데, 로고스 속에 자연을 유일한 토대로 삼는 몇몇 특성이 있다는 사실을 터득한다." 언어의 절정은 태초의 그루터기로 길을 터 준다. 맹금류의 둥지와 맹수의 동굴이 동시에 그 안에 수용된다. 문학 작품은 현재에 바쳐진 말과는 다른 시간 속에 자리한다. 문학인은 글을 자기 말의 현재 속에서 쓰지 않고, 과거로 쓰고, 미래로 쓴다. 그는 용맹하고 대담하며 위협적이다. 그는 죽은 작가들, 걸출한 작가들과 경쟁하고, 자신이 뛰어든 운명 속에서나 앞으로 태어날 작가들에게 던지는 도전에서나 말의 미래와 경쟁한다. 그것은 하나의 매듭이고, 로고스이고, 관계nexum이고, 운명이고, 저주defixio이고, 결찰이다. 미메시스mimèsis 또는 감탄은 서로가 상대의, 짐승의, 산의, 산꼭대기의, 독수리의 행동에 사로잡히는 것으로, 그것이 낳는 표상보다 훨씬 오래된 포식捕食이다. 일상의 말은 몸을 가리는 옷과 같다. 그러므로 문학 언어는 두려울 정도로 발가벗은 언어다. 언어의 알몸 상태를 로기노스는 숭고함이라 불렀다. 숭고함을 뜻하는 라틴어 수블리미스sublimis는 그리스어 힙소스hypsos의 의미를 제대로 담아내지 못한다. 힙시hypsi는 위쪽, 먼바다, 고지대이고, 그에 비해 우리는 아래쪽에 있고, 멀리 있다. 숭고함이란 도드라지는 것이고, 긴장시키는 것이고, 남성적 욕구처럼 스스로 긴장하는 것이다. 프네우마pneuma[27]의 음조가 이 긴장을 되찾아야 한다. 그것이 문학 작품의 어조다. 로기노스는 수수께끼 같은 말로 데모스테네스[28] 문체의 으뜸 자질 중 하나가 허리놀림agchistrophon, 문장의 몸통을 뒤집는 민첩함이라고 썼다. 역시나 수수께끼처럼 로마 세계에서 문체의 힘은 억누를 길 없는 분출로 묘사되었다. 그 묘사에서 파토스는 급류를 아이콘으로 취하고, 프네우마는 주술사의 정신 착란처럼 소용돌이치는 영감을 아이콘으로 취한다. 이 힘은 자연 자체의 폭력성과 이어진다. 문학의 무질서한 특징, 물리적 특성, 관례적이지 않은 얼굴이 거기서 비롯된다. "사람들은 언제나 뜻밖의 것paradoxon에 감탄한다"라고 로기노스는 쓴다. 문학은 반反윤리다. 그것은 고상하게 다듬어진 정서이고, 제 질료의 추출, 언어의 추출이고, 제 원천에 자리한 약동의 재생이다. 숭고한 언어 속에서는 이야기 자체가 불시에 붙들려 단락短絡될 수 있다. 발가벗은 언어는 "모든 시대에 걸맞은 심상tout pantos aiônos axion"을 솟아나게 하는 언어다. 그렇기에 뜻밖의 것이 아닌 메타포는 없다. 그렇기에 문학은 문자 그대로 정말 생각한

27 스토아학파가 제5원소로 생각한 생명 원소, 생명의 원리로서의 공기, 숨결, 호흡
28 Demosthenes(B.C.384~B.C.322). 고대 그리스 최고의 웅변가, 정치가

다. 모든 생각보다 더 생각한다. 언어가 발가벗기만 하면, 그리고 그 발가벗음이 조금이라도 실제로 도드라진다면, 다시 말해 그것보다 앞선 충동의 요소 속에 다시 놓인다면 그렇다.

생각의 폭력이 있고, 그것은 언어의 폭력이고, 그것은 상상의 폭력이고, 그것은 자연의 폭력이다. 로기노스가 레온티니 태생 고르기아스에게서 이 아이콘을 취해 위대한 예술이라고 불렀다가 다시 예술의 대분출이라고 부른 것을 이 연쇄 추론이 지휘한다.

*

나는 담을 넘는다. 서양 수사학자들의 전통에서 잠시 벗어난다. 데모스테네스의 허리놀림에 관해 쓴 로기노스의 문장은 프랑수아 쥘리앵[29]이 전해 준 왕창령[30] 시의 열일곱 절 가운데 하나를 생각나게 한다. 왕창령은 8세기 중국에서 글을 썼다. 열네 번째 절은 허 찌르기를 규정하고 있다. 물론 허리놀림의 효과는 허 찌르기의 효과와 다르다. 허 찌르기에 대해 왕창령은 그것이 갑자기 말을 깨뜨린다고 적고 있다. 하지만 로기노스와 왕창령의 경우, 생각의 자리가 묘하게 이웃하고 있다. 절絶처럼 스케마타도 그 자체로 가치가 있는 것은 아니다. 로기노스에게 수사학의 수사법들 그 자체는 아무것도 아니다. 언어의 흐름을 급류로 몰아넣고, 산으로 끌어올리거나, 구

29 François Jullien(1951~). 프랑스의 철학자이자 중국학 전문가

30 王昌齡(698~755). 칠언절구에 뛰어난 중국 당나라 시인

렁으로 빠뜨리는 가속 장치, 유도 장치, 혹은 다른 장치들일 뿐이다. 존재하는 모든 것의 토대가 되는 에네르게이아처럼, 언어에서 글쓰는 일은 삶에서 태어나는 일처럼 되길 갈망한다. 로기노스의 놀라운 소론은 사색적 수사학자들이 집계하는 역설들처럼 언어의 돌연한 출현을 확대한다.

1885년, 쥘 그레비[31] 정부가 마지막 학년의 수사학 수업을 없앴다. 굴종의 전면화를 결정한 것이다.

*

옛 중국인들은 소설이란 한 마리 용龍과 같아서 소설의 서술을 1인칭으로 하지 말아야 한다고 말한다(1인칭 서술은 사적이고 인간적인 이야기의 형태를 특징짓는 것이기에). 독자가 자신이 읽는 것에 손댈 수 없어야 한다. 소설 서술이 한 관점의 합리성에 순응한다면 예측 불가능성을 잃게 될 것이다. 그렇게 예측 불가능성을 잃으면 제 고유의 폭력성이 낳을 충격도 잃게 될 것이다. 소설은 낯섦을 잃으면서 매혹도 잃을 것이다. 1인칭은 움츠리고 휴식하는 남성의 성기에 불과하다(이와 마찬가지로 옛 로마인들은 발기한 성기를 신이라 하고, 그 순간 성기의 소유자는 자기 자신이 아니라고 말했다). 움츠린 성기는 마음을 움직일 수는 있겠지만 배우자를, 다시 말해 독자를 흥분시

31 Jules Grévy(1807~1891). 1879년부터 1887년까지 재임한 프랑스 제3공화국의 대통령

키지는 못한다. 텍스트의 즐거움이 예측 불가능한 것으로 남으려면 욕망이 어디에서 올지 독자가 알 수 없어야 한다. 욕망은 말하지도 못하고, 얼굴도 갖지 못하고, 그저 욕망하고 발기할 수 있을 뿐이다. 매력에 매료될 뿐이다Fascinus fascinatus.

옛 중국인들에게는 소설 또한 옛 동물이다. 한 마리 용이다.

로마인의, 그리스인의, 중국인의 신념 표명에 따르면 문학은 던지는 무기처럼 고안된 언어다.

*

인간의 발명은 큰 육식 동물들의 포식 모방이었다. 이 발명은 웃음, 언어, 움켜쥘 수 있는 손, 직립, 죽음이라 불리지 않는다. 그것은 사냥이라 불린다. 활시위를 팽팽하게 당긴다는 건 막대가 휘어질 정도로 구부러뜨린다는 의미다.[32] 양 끄트머리가 버틸 때까지 시위를 최대한 당기려고 힘쓴다는 뜻이다. 그 팽팽한 힘은 화살을 발사하는 데 쓰일 것이다. 구석기 시대 사냥꾼들은 활을 발명하면서, 활의 기원에서 유일한 현이 내는 죽음의 소리(음악)의 기원을, 다시 말해 먹잇감에 적합한 언어의 기원을 발명했다.

---

32 여기서 '막대verge'로 번역한 낱말은 '음경'을, '팽팽하게 당기다bander'는 '발기하다'를 뜻하기도 해서 이중적 의미로 읽힌다.

*

읽는다는 건 여러 세기를 가로지르며 시간의 바닥에서 쏘아 올린 유일한 화살을 눈으로 찾는 일이다.

*

탄생이란 울부짖는 대기 속으로 불쑥 솟구치는 일이다. 그 원천은 영원히 새롭다. 원천을 새롭게 소생시키는 포옹 속에서 성性이 시간을 아는 것보다 원천이 시간을 더 알지는 못한다. 앎과 후천적으로 얻어진 형상들은 즉각 흘러갔다. 그것들은 죽은 이들의 이미지들이다. 원천에서 흘러나오는 것은 원천이 가까움을 말해 준다. 어느 시간이건 상관없이. 예술은 쇠퇴를 알지 못한다. 오직 절정만 안다. 이런저런 시대로 시간의 기이한 잘림을 안다. "시대"라는 이름을 달고 잘린 시간은, 아이가 태어날 때마다 제 외증조부를 땅에 묻듯이, 죽은 언어들을 물려받는다.

*

화살이 바람에 기대듯이 인간의 삶은 언어에 기대고 있다.

돌풍 같고, 영원히 굳은 잠재력 같고, 대양과 파도의 리듬 같고, 급류 같은 언어의 이미지들을 프론토, 마르쿠스, 로기노스에게서 다시 만난다. 그것은 동일한 출현이고, 고갈되지 않는 동일한 긴장의 아이콘들이다.

이 활의 긴장은 시간이라 불린다.

기원전 3세기 초 고대 중국에서 맹자는 이렇게 말했다. “군자는 재물을 좋아하지 않고 기꺼이 학문의 길을 좇는다. 그렇게 그들을 업신여기는 권력에 굴종하지 않고 자연처럼 창작한다.”

*

아름다운 글을 좋아하는 사람이 로기노스에게서 찾는 건 죽음의 현기증 같은 감정이다. 숭고함, 탁월함, 걸출함, 산, 급류, 대양, 심연 자체를 찾지는 않는다. 그것들 안의 낭떠러지를 찾는다. 로기노스가 탐구하는 건 낭떠러지 같은 문체다. 그 근원에 자리하는 건 말legein[33]을 찢는 로고스다. 언어학이 아닌 다른 모든 것에서 언어는 기호가 되고, 언어가 길을 잃지 않고는 근원까지 거슬러 올라가지 못한다. 문체는 말해지는 것의 형태와 무관하고, 장엄하건 소박하건 제시되는 것의 내용과도 무관하며, 기쁨과 고통의 구성 속에 내놓는 전前언어적인 에너지와 연관 있다. 공손룡[34]은 말했다. “손가락이 가리키는 건 손가락이 아니다.” 발가벗은 언어는 그것이 언어의 효과로 구렁처럼 여는 침묵 위 낭떠러지에 자리한다.

---

33 로고스는 언어(말), 진리, 이성, 논리, 비례, 설명, 계산 등의 다양한 의미를 지닌 그리스어로 ‘말하다’를 뜻하는 레게인legein이 그 어원이다.

34 公孫龍(B.C.320?~B.C.250?). 춘추시대 말기 초나라(또는 위나라) 사람으로 공자의 제자다.

*

어떤 낭떠러지인가? 몸의 삶은 쾌락 가운데 우리에게서 출생의 비명에 비교할 만한 단 하나의 무시무시한 비명을 끌어낸다. 낳고 태어남은 죽음의 헐떡거림보다 높고 진실한 외침을 내지른다.

언어에 의미론적인 기능이 있다면 목소리 같은 행복이 그것일 테고, 그 근원은 기쁨이 끌어내는 비명이 될 것이다.

추론 불가능한 그 비명은 인간 언어에 고유한 소리psophos다.

*

인간의 모든 언어는 욕망의 침묵 뒤로 쌓이는 모래톱에 불과하다.

우리가 프론토를 읽으면 음경fascinus 끝에 분출하는 정액처럼 로고스가 입에서 분출한다.

마르쿠스의 말대로라면 시간은 천체의 허공 속으로 피처럼 방울방울 맺혀 떨어진다.

*

인간의 사랑에 제 표정들이 있듯이 인간의 언어에도 제 이미지imago가, 얼굴prosôpa이, 틈을 여는 돌출들이 있어, 그것이 언어를 찢는다. 로기노스는 수사학자가 쓸 수 있는 접속사 생략을, 첫머리 반복을, 연음 단절을 권한다. 언어의 발가벗은 무질서는 모색하는 생각을 무질서하게 흐트러뜨린다. 반면에 접속사들은 충동을 구속하거나 공기의 분출을 정지시킨다. 자연이 우리를 삶 속으로 끌어들인 건 삶을 끌어올리기 위해서이지 삶을 끌어내리기 위해서가 아니다. 약동에 약동을 더하기 위해서이고, 우주kosmos의 발기를 북돋우기 위해서이다.

그것이 위대한 자연이고, 예술의 바탕이다. 인간의 눈에 쇠퇴로 보이는 것도 자연의 눈에는 그렇지 않다. 로기노스는 단호하다. "인간은 천성적으로 언어를 갖도록 태어났다. 조각상들에서 우리는 인간과 닮은 점을 탐색한다. 로고스에서 우리는 인간 머리 위로 지나는 것과 닮은 점을 찾는다."

통상적인 언어는 말한다. "이 여성, 이 사물, 이 사건이 낭떠러지에서 떨어지듯 닥친다." 이 말은 라틴어 sublimis보다는 그리스어 hypsos가 더 잘 표현할 것이다. 낭떠러지는 kairos다. 낭떠러지는 심연처럼, 아찔한 절벽처럼 인간 아래로 열리는 무엇이다. 인간은 심연을 피한다. 로고스만이 인간을 심연으로 이끈다. 그래서 세상의 각 시대에 낭떠러지는 그토록 드물다. 로기노스는 덧붙여 말한다. "삶을 목 조르는 전반적인 불모가 참으로 심각하다." 그것을 불멸처럼 혹은 우리의 종자처럼 선택하고 바라보아야 한다. 아니면 우리의 쓰레기처럼. 아니면 범죄처럼. 아니면 로고스처럼, 다시 말해 인류가 쇠퇴하는 절정처럼(XLIV, 8).

혹은 침묵처럼, 다시 말해 로고스가 제 물결이 지날 때마다 여는 심연처럼.

*

프론토는 어느 편지에서 문득 이미지 하나를 찾는데, 자신이 한 주 전에 받은 편지들에 어떤 이유로 대답하지 않았는지 해명하고, 자신이 글을 쓸 때 어떤 사람인지 규명도 하고, 또한 글 쓰는 일에 쏟는 고집을 더 키우기 위해서다. 그 편지는 로기노스의 모국어인 그리스어로 쓰였다. "글 쓸 때 나는 로마어로 하이에나라고 부르는 것이 된다. 오른쪽으로도 왼쪽으로도 돌아가지 않는 목이 된다. 나는 투창이다. 나는 독뱀이다. 나는 곧은 직선이다. 나는 심연으로 부는 바람이다……. 음악의 영역에서 의인화된 가치를 간직한 채 감동을 줄 수 있을 어떤 이미지를 찾을 수 있을까? 나는 지옥을 떠나오는 오르페우스다……."

프론토가 줄지어 열거하는 건 메타포들이 아니다. 그것은 오비디우스식 의미의 변신이다. 불교에서 말하는 윤회 같은 것이다. 왜 서양은 끊임없이 재탄생에 대해 알고 싶어 할까? 그건 다시 태어나도록 부름을 받았기 때문인데, 그 부름은 인간과 생물학적 번식보다 앞선 것이고, 박해받은 수사학 전통이 교대로 뒤를 이은 문인들을 통해 마치 비명처럼 비밀스럽고 불안하며 주변적인 방식으로 자신을 뛰어넘고 끊임없이 쇄신해 왔기 때문이다.

서양의 전통은 개인적이기보다 한결 가족적인(한결 시대적인) 윤회를 정착시켰다. 그것은 다양한 재탄생이 되었다.

마르쿠스와 동시대인인 아엘리우스는 새로운 아테네를 세우겠다고 일찍이 주장했다. 마르쿠스는 분명히 말한다. "늙어 가는 모든 것은 다시 태어나는 중이다.” 그건 다시 사는 것이 아니다. 삶을 그 충동 가운데, 그 탄생 가운데, 그 새로움 가운데 다시 시작하는 것이다. 앨퀸[35]과 샤를마뉴의 눈에, 페트라르카와 쿠자누스의 눈에, 에크하르트나 브루노[36]나 몽테뉴 또는 셰익스피어의 눈에 재탄생은 결코 고대인들을 예스러운 그대로 복원하려는 것이 아니라, 탄생 자체의 재탄생, 인간 개인들, 가족, 사회, 예술보다 앞서는 돌연한 출현의 재탄생을 뜻한다.

테오크리토스[37]는 태양, 하늘, 땅, 카오스, 하데스, 인간 악마들을 존재의 기관들이라고 말했다. 그 밖에 현재에 나타나는 건 이미지들eikônous뿐이다. 존재는 시간의 세 움직임 속에 있다. 여명, 정점, 황혼. 그러나 시간의 가장 고유한 특징은 선행성이다. 그것은 존재의 고참이고 선조다. 태양은 다시 태어나기 위해 죽은 자들 쪽으로 진다면, 인간은 죽기 위해 하데스 곁으로 내려간다. 죽은 자들 틈에서 그들의 악마 같은 태양을 다시 떠오르게 할 수 있는 건 오직 노래뿐이다.

선조로서 그것은 아이온Aiôn의 노래다. “기원의 첫 기원, 시작의 첫 시작, 숨결의 곡, 잉걸불, 물의 원천, 여명의 무시무시한 물을 응시하기 위해 나는 오른손 손가락을 입에 대고 말한다. 침묵, 침묵,

---

35 Alcuin(735~804). 중세 영국 시인, 신학자

36 조르다노 브루노Giordano Bruno(1548~1600). 이탈리아의 도미니코회 수도사이자 철학자. 『무한우주와 세계에 관하여*De l'infinito universo et mondi*』에서 무한우주론을 주장했고, 교황청의 이단 선고로 화형당했다.

37 Theocritos(B.C.310~B.C.250). 그리스의 대표적 목가시인

침묵, 변질되지 않고 살아 있는 신의 상징이여, 나를 네 곁에 머물게 해 주라, 침묵.”

시간으로서 그것은 태풍Typhôn에 바치는 찬가다. “공포로 떨게 하는 너, 오싹하게 겁주는 너, 눈밭 위로, 검은 얼음 아래로 불어닥치는 돌풍으로 두려움을 안기는 너, 질서가 다스리는 집을 증오하는 너, 너는 공기보다 빠르고 천지를 황폐하게 만들고, 너의 걸음은 타닥거리며 타오르는 불이니…….”

*

기이하게도 수사학은 신의 존재를 부정한다. 그렇지만 언어에는 광적으로 순종하고, 언어의 대담한 시도들에 맹목적인 신뢰를 보이며, 언어의 형태들에 진정한 신앙심을 드러낸다. 그런데 수사학 전통에는 계시 종교의 가능성이 한 번도 제시된 적 없었고, 숙련과 연계된 학파도 없었으며, 기호들 너머에서 기표의 맹렬한 사냥을 지켜보는 문법적 또는 문헌학적 권위도 없었다. 언어에 대한 숭배에서 그 무엇도 어떤 언어 효과에 멈춰 서는 걸, 그리고 그것을 언어의 원천이라고 주장하는 걸 허용하지 않는다. 한 존재자(신)가 특권을 누리는 방식으로 한 존재자(인간)에게 나타나 그의 말인 언어의 원천을 빼앗지 않는다. 두 존재자 모두 그 원천에서 나왔기 때문이다. 모든 사색적 수사학자에게 신은 존재하지 않고, 존재한 적이 없으며, 앞으로도 결코 존재할 일이 없을 것이다. 언어는 계시하지 않는다. 에페소스 사람인 헤라클레이토스가 한 말에서 마르쿠스는 여러 차례 이 문장을 인용했다. “로고스는 계시하지 않는다. 신호할 뿐이다.” 로고스의 메타포는 어떤 존재자 속에도 할당될 수 없다. 언어는 “하나의” 목소리 속에도, 받아쓴 “하나의” 신의 서판에도, “한 권의” 책 속에도 멈춰 서지 못한다. 그라시[38]는 헴스테르호이스[39]를 발견하고 읽는 노발리스[40]에 대해 탄복하며 말했다. 프란스 헴스테르호이스는 1768년 11월에 헤이그에서 18세기에 쓰인 글 가운데 가장 투명하고 담백한 프랑스풍 문체 가운데 하나로 계시 종교들에서 출발하는 신학과 사유를 확고히 구분하는 대립을 최초로 제시한 인물이다. 그의 논거는 더없이 단순하다. 유일한 존재자의 형태를 취하는 유일신들의 존재가 온전한 단일성을 해체한다는 것이다.

*

고대 그리스에서 수사학자는 마법사처럼 시샘받고 박해받았다. 수사학의 마법적 바탕을 밝히기란 어렵지 않다. 언어가 구속하기 때문이다. 똑같이 구속당해 당황한 모든 귀, 인간, 신, 죽은 자들이 언어로 이어져 있다. 그들의 운명sortes은 로고스와 이어져 있다.

마법사들은 매장埋葬을 누리지 못했다. 그들은 독수리 먹이로 방

38 에르네스토 그라시Ernesto Grassi(1902~1991). 이탈리아에서 태어났으나 독일에서 살았고 대부분의 저작을 독일어로 쓴 철학자

39 프란스 헴스테르호이스Frans Hemsterhuis(1721~1790). 미학과 윤리철학에 특히 관심을 쏟은 18세기 네덜란드 철학자, 작가

40 Novalis(1772~1801). 독일의 낭만주의 시인

치되었다. 스트라본[41]은 매장될 수도 화장될 수도 없었던 마법사들이 오직 그들의 어머니와 육체관계를 누릴 수 있었다고 덧붙여 말한다.

로기노스는 고대인들에게는 그리스 세계에서 가장 위대한 수사학자였던 레온티니 출신 고르기아스의 이미지를 과장된 것으로 여기고 거부한다("독수리를 산 무덤으로 제시한 이미지"). 여기서 과장법은 매장埋葬을 독수리들에게, 무덤을 알지 못하고 썩은 고기를 먹는 짐승들에게 할당한다. 죽은 자들은 그 자체로 최초의 이미지들이다. 혈통으로 이어진 일생을 사는 동안 우리는 죽은 자들을 일으켜 세우고, 그리고 죽은 자들은 줄지어 행진한다. 옛 조상들이 그들 뒤를 이어 살아남은 우리를 만나러 꿈속에서 유령의 형태로 찾아오듯이, 우리는 그들의 초상을 세워 도심 여기저기로 이동시키고, 성찬식 때 그들에게 경의를 표하며 아트리움 속에 두고 보전한다. 이미지로서 그들은 최초의 "인간" 사자死者들이다. 말하는 이의 심장은 산 무덤이다. 더구나 이것은 로기노스가 죽고 난 후에 타키투스가 쓰게 될 내용이다. 독수리는 그저 신일 뿐이다. 그것은 심상, 환상, 은유, 이미지의 장소가 아니다.

---

41 Strabon(B.C.64?~A.D.23?). 고대 그리스의 지리학자, 역사가, 철학자로 17권의 『지리지*Geographica*』를 썼다.

*

내가 읽은 책들에서는 마르쿠스 코르넬리우스 프론토의 작품에 대한 멸시를 드러내고 그를 멍청이로 취급하는 어떤 저자도 학자도 접하지 못했다. 미슐레[42]는 역사에 두 가지 역할을 할당했다. 죽은 자들의 박탈당한 광휘를 세심하게 거둬서 그들에게 되돌려 주는 것, 그리고 새로운 시대마다 고유의 여명을 본떠 과거를 새롭게 태어나게 하는 것이다. 프론토는 고대 로마가 경험한 사상가들 가운데 가장 독창적이고 가장 심오한 인물 중 한 사람이다. 그는 이미지들을 늘리고, 고대 자료집이 아닌 다른 어디에서도 발견할 수 없는 뜻밖의 신화들을 구축한다. "잠이란 무엇인가? 인간들의 두개골 속에서 남몰래 흐른 눈물만큼 작은 죽음 방울, 그것이 잠somnus의 원인이고, 꿈somnia의 원천이다. 한 방울의 죽음. 그것이 인간 눈의 열쇠claves oculorum다. 운명a fando, fata이라는 낱말이 말fari에서 흐른다. 우리의 삶과 그 흐름을 표현하는 말 속에서 의미 없이 돌아가는insciens lanifica 방직기는 무엇일까? 우리에겐 그만큼 죽음의 휴식이 필요했을까? 우리를 가로막는 눈먼 상태에, 그리고 그것을 매몰시키는 어둠에 왜 그토록 환한 빛이 주어졌을까?"

어떤 운명에 따라 시대들은 언어들이 서로 구분되는 것보다 더 희귀해졌을까(수가 더 적은 걸까)?

---

42 쥘 미슐레Jules Michelet(1798~1874). 『프랑스사*Histoire de France*』, 『프랑스 혁명사*Histoire de la Révolution*』 등을 집필한 위대한 역사가로 역사에서 지리적 환경의 영향을 중시하고 민중의 입장을 견지했다.

심연 속으로 몰아치는 존재의 무분별한 돌풍. 마르쿠스는 덧붙여 말한다. “이 모든 것에서 무엇이 남았나? 연기, 재, 신화, 게다가 같은 신화가 아니다.”

*

프론토가 지은 『역사의 원칙들*Principia Historiae*』은 일부만 남아 있다. 이 책은 이런 문장으로 시작한다. “급류처럼 격렬하게 형성된 마케도니아의 세력은 하루아침에 추락했다.” 프론토가 사용한 동사는 ‘죽이다occidere’다. 그들의 시간은 짧은 하루brevi die 동안의 서방西方이었다. 시대들, 죽기 마련인 인간들, 시간 속의 존재들은 진보하고 나아가는데 “어느 장소에 이르기 위해서가 아니라 저녁에 이르기 위해서다.” 그들의 걸음이 일으키는 먼지가 안개를 낳아 그들은 안개 속을 헤맨다. 『연기와 먼지 예찬*Laudes fumi et pulveris*』이 바로 여기서 나온다. 천 년이 넘는 세월 동안 수 세대의 교수들이 『연기와 먼지 예찬』을 쓴 이 제국 말기의 수사학자를 퇴폐적이라고 조롱했다.

*

“뿔뿔이 흩어져서 떠도는 그들의 여행에는 목적이 없다. 그들은 걷지만 어떤 장소에 이르기 위해서가 아니라 저녁에 이르기 위해서다.” 기이하게도 구석기 시대 특징을 보이는 이 텍스트는 그라쿠스[43]의 말을 생각나게 한다. “이탈리아 전역에 퍼져 있는 야생 짐승들도 땅굴, 동굴, 은신처를 가졌는데, 이탈리아를 위해 싸우고 죽는 이들은 공기와 햇빛 말고는 아무것도 누리지 못하고 있습니다. 그들은 지붕도 거처도 없이 처자식을 데리고 유랑합니다. 전장에서 지휘관들은 병사들의 사기를 북돋우려고 거짓을 말합니다. 그들이 싸우는 것이 자신들의 무덤과 사원을 지키기 위해서라고 말합니다. 그 로마 병사들 가운데 단 한 명도 조상을 모시는 제단도, 묘소도 두지 못했습니다. 그들이 싸우다가 죽는 건 타인들의 호사와 부를 지키기 위해서입니다. 사람들은 그들을 세상의 주인이라고 부르지만, 그들은 제 소유의 땅을 한 뙈기도 갖지 못합니다.”

프론토의 또 다른 이미지 하나가 별안간 의미를 띤다. 선사 시대적 의미, 돌과 연관된 의미다. 인간의 언어는 오래된 돌들의 소리psophos다. 프론토는 자기 삶을 바칠 만한 일을 단 한 가지밖에 알지 못한다고 말한다. “말은 돌멩이처럼 망치를 사용해 지렛대로 스스로 다듬어진다.”

*

나는 충적세의 동굴들을 떠올린다. 그렇지만 지금 나는 두 번째

43 티베리우스 셈프로니우스 그라쿠스Tiberius Sempronius Gracchus(B.C.163~B.C.132)를 가리킨다.

천 년이 끝나 가는, 방사성 탄소연대 현재 후 45년을 살고 있다. 고고학자들의 형이상학적 합리성은 탄소연대 "Before Present"라는 표현에서 현재의 순간을 1950년으로 잡는다. 트루먼 대통령이 수소 폭탄을 만들라는 명령을 내린 것이 1950년 1월 31일이었다. 프로이트에서 라캉으로 이어지는 계보, 미켈슈테터[44]나 하이데거에서 그라시로 이어지는 계보, 구르몽[45]이나 슈보브[46]에서 카유아[47]로 이어지는 계보, 다시 말해 보르헤스로, 데 포레[48]로, 레리스[49]로, 퐁주[50]로, 바타유[51]로, 주네[52]로, 클로소프스키[53]로 이어지는 계보는 세 가지 방향을 형성한다. 나는 클리바주 갤러리에서 출간된 세 권의 『소론집*Petits Traités*』에서, 매그 갤러리에서 출간된 여덟 권의 『소론집』에서 그 방향의 동굴들, 파낸 흙들, 구덩이들, 봉우리들을 뒤졌다.

---

44 칼로 미켈슈테터Carlo Michelstaedter(1887~1910). 오스트리아-헝가리 제국에 속했던(지금은 이탈리아) 고리치아 출생의 철학자로 『설득과 수사학』을 썼다.

45 레미 드 구르몽Remy de Gourmont(1858~1915). 프랑스 작가, 예술평론가

46 마르셀 슈보브Marcel Schwob(1867~1905). 프랑스 작가, 고대와 중세 문학 전문가

47 로제 카유아Roger Caillois(1913~1978). 프랑스 작가, 사회학자, 문학평론가, 보르헤스 번역자

48 루이르네 데 포레Louis-René des Forêts(1916~2000). '알제리 전쟁 반대 협회'를 창립했고, 갈리마르 출판사에서 오랫동안 원고 심사위원을 지낸 프랑스 작가

49 미셸 레리스Michel Leiris(1901~1990). 프랑스 작가, 예술평론가

50 프랑시스 퐁주Francis Ponge(1899~1988). 프랑스 시인

51 조르주 바타유Georges Bataille(1897~1962). 프랑스 작가, 사상가

52 장 주네Jean Genet(1910~1986). 프랑스 소설가, 극작가

53 피에르 클로소프스키Pierre Klossowski(1905~2001). 사드에 관한 빼어난 평론 『나의 이웃사람 사드*Sade mon prochain*』로 유명한 프랑스 소설가, 문학평론가, 번역가

바타유 뒤의 엘로.[54] 샤토브리앙 뒤의 성 토마스. 스탕달 뒤의 라 모를리에르.[55] 포조 브라촐리니[56] 뒤의 페트라르카를 찾았다. 쿠인틸리아누스의 책을 손에 든 포조처럼. 쿠자누스를 향해 손을 내미는 포조처럼. 다빈치를 향해, 콜럼버스를 향해, 브루노를 향해, 비코를 향해 손을 뻗는 쿠자누스처럼. 마르쿠스 아우렐리우스 뒤의 코르넬리우스 프론토처럼. 코르넬리우스 프론토 뒤의 아테노도투스처럼. 로고스 뒤의 프소포스psophos처럼, 프소포스 뒤의 비인간적인 동굴처럼, 해면이 점점 낮아져서 큰 파도가 칠 때면 드러나는 동굴처럼.

*

나는 사색적 수사학의 과거를 되살리려는 것이 아니라, 박해받은 한 전통의 기록을 정리하려는 것이다. 내가 불러내는 수사학자들은 바타유가 무신학無神學이라고 부른 학문의, 말하자면 마란[57] 같은 존재들이다.

마란들은 성당에 들어서면 일체의 감정 표현을 하지 말아야 하고, 선 채로 얼굴을 들고 제단 위에 자리한 십자고상을 마주하고 소

---

54 에르네스트 엘로Ernest Hello(1828~1885). 프랑스 작가, 문학평론가. 외부 세계와 관계를 끊고 글쓰기에 몰두한 신비의 작가

55 자크 로셰트 드 라 모를리에르Jacques Rochette de la Morlière(1719~1785). 프랑스 작가

56 포조 브라촐리니Poggio Bracciolini(1380~1459). 이탈리아 작가, 인문주의자, 철학자

57 가톨릭으로 개종한 에스파냐·포르투갈 출신의 유대인

리 없이 이런 기도를 읊조려야 했다.

"저건 그저 나무로 된 신일 뿐입니다."

산업 세계의 종말 이후로, 다시 말해 서양 역사가들이 제멋대로 제1차 세계 대전이라 간주한 전쟁 이후로 형이상학적 사유에 타격을 입힌 철학의 위기, 그 위기가 이 전통을 덮친 저주는 벗겼을지라도 그 전통의 호방함은 드러내지 못했다. 위기는 실제로 그것의 깊이를 느끼지 못했다. 그 대담함을 발굴해 내지도, 비밀을 되살리지도 못했다. 그 모래사장들과 주요 성소들도 파헤치지 못했다. 그 운명에 대해 숙고하지도 못했다.

현대 사상은 마치 목욕물을 버리면서 대야와 살아 있는 아기Semper vivens와 비누까지 같이 버리듯이 아무 생각 없이 그 전통을 버리며 배척했다. 그 고유의 역사도, 호전성도, 특징적인 가치도, 자존심도 구분하지 않고. 자존심을 뜻하는 프랑스어 피에르테fierté는 야생 동물로 남은 짐승들의 야수성을 뜻하는 라틴어 페리타스feritas를 계승한 낱말이다. 현대 사상은 그 전통의 소외 상황을, 불가지론과 대담함의 이유를 조금도 보지 못한 채 그것을 "니힐리즘"이라고 불리는 치욕의 자루에 집어넣어 나머지 모든 것과 함께 버렸다. 다시 말해 문법학자들이 아닌 서양의 역사가들이 과장해서 "제2차 세계 대전"이라고 이름 붙인 전쟁 동안 일어난 학살과 민족말살처럼 서양의 전통을 몽땅 함께 버렸다.

*

우리 안의 무언가가, 우리에게 주어진 것이 아닌 무언가가 배출구를 찾고 있다.

*

바다 물결의 출렁임 속에 바다가 아닌 다른 무엇이 나아간다. 나뭇잎들의 떨림 속에서 바람이 아닌 다른 무언가가 떨린다. 우리가 사랑하는 살아 있는 여성의 눈빛 속에서 전등 불빛이나 햇빛의 반사가 아닌 다른 무언가가 반짝인다. 꽃들의 개화 속에서 꽃들이 알지 못하는 미래의 어느 계절에 번식을 시작할 번식 기관이 아닌 다른 무언가가 꽃피고, 그사이 꽃들은 스스로 열리고 색색으로 물든다.

죽은 사람들이 지은 책들 속에 매복하고 있는 건 무시무시한 유령들이 아니라, 말로 표현할 길 없이 생기발랄한 특징을 띠고 기쁨과 고통 사이에서 삶의 경계선에 자리한 채 끝나지 않고 끈질기게 버티고 나아가고 뻗고 호소하는 부활이다. 심연의 낭떠러지는 산 자에게 그저 사는 방식으로, 예측 불가능한 징후로 닥친다. 의도적인 작업 방식이나 예술로서 닥치는 것이 아니라.

우리는 잔인한 부름 가운데 불안정한 물질성에 따라, 그보다 더 불안정한 정체성의 형태를 취하고 존재하는데, 그 잔인한 부름은 말로 형용할 수 없는 무언가(포유류들의 울부짖는 출생보다 훨씬 격렬한 무언가)와 더더욱 형용할 수 없는 파괴성(사망률 하나만으로도 포섭 불가능한 파괴성)을 드러낸다. 단지 빵 껍질의 균열만 맹수들의 벌린 아가리를 보여 주는 것이 아니다. 마르쿠스의 또 다른 아이콘은 땅보다 앞서 시간의 바닥에서 올라와 몰아치고, 모래사장 위로 일어서고, 이미 물러나고 있는 파도 위로 부서지는 파도들을 턱뼈라고 주장한다.

*

한 사회가 그 사회를 제거하게 될 사건을 기다릴 때, 두려움, 비탄, 가난, 상속자의 부재, 모두에 대한 모두의 시기심이 더위 속 과일처럼 농익은 상태에 이르렀을 때, 비밀스럽고 탐욕스러운 표현 하나가 새로운 숲이 된 도심 거리에서 만나는 산 자들의 얼굴에 나타난다. 우리를 둘러싸는 얼굴들엔 그 슬픔이, 긴장 어린 침묵이 어려 있다. 그 침묵은, 역사에도 불구하고, 다시 말해 역사라는 신화 때문에, 언제나 제 사나움ferocia에 대한 무지 속에 있다. 서양 사회들은 다시금 무섭도록 무르익은 상태에 놓여 있다. 살육의 경계에 도달해 있다.

*

역사도 사정은 마찬가지여서 이 세기 초의 정신의학처럼 다가온다. 저를 태워 버릴 전쟁을 정확히 식별했던 이미 죽은 학문처럼. 현실은 광기와 그 광기가 내세우는 무용한 논거들 앞에서 길을 양보할 테고, 미래는 점점 더 잔혹하고 울적하게 과거의 외양을 띠게 될 것이다. 과거는 뒷걸음질 쳐서 제 낡은 토대들까지 돌아보게 될 테고, 저를 장식해 준다고 믿었던 숨겨진 언어, 남성적이고 비밀스러운 언어를 파헤칠 꿈을 꿀 것이다. 미켈슈테터는 말했다. 말은 작품과 마찬가지로 어둠의 장식kallôpismata orphnès이라고. 그러곤 스스로 목숨을 끊었다. 그때가 1910년 10월이었다.

*

인류의 비인간적인 산물인 역사는 종종 폭우를 알리는데, 역사는 그 폭우의 잔해에 지나지 않는다. 시간은 역사보다 훨씬 광막한 번개다. 인간들의 미미한 연대기를 쓰기 시작하려면 진짜 물리학자(문헌학자)가 필요할 것이다. 전문 역사가들은, 다시 말해 돈으로 고용된 역사가들은, 그들을 소리쳐 부르는 전설에, 그들이 스스로 고른 재갈 물린 고삐를 쥔 전설의 굴레에 구속당한 채 이를 악물고, 결국 입에 완전히 족쇄가 채워져 자신들이 짓는 이야기들 속에서 역사를 더욱 축소한다. 문학인들은 불꽃 주위를 비추는 작은 등불인 그들의 문자litterae를 가까이 끌어당겨 보지만 어둠을 밝히기엔 무력하다.

타키투스는 미슐레보다 덜 감추고, 수에토니우스는 헤겔보다, 탈망[58]은 프리드리히 엥겔스보다, 칼리 여신은 타키투스보다 덜 감춘다.

---

58 제데옹 탈망 데레오Gédéon Tallemant des Réaux(1619~1692). 프랑스 작가로 동시대 인들에 대한 짧은 전기 모음집인 『작은 이야기들*Historiettes*』로 유명하다.

*

달려서 사냥하는 동물들은 군거한다. 리카온, 인간, 그리고 늑대가 그렇다.

매복하는 동물들은 혼자다.

독수리는 어떤 부름에 응할까?

재규어는 어떤 부름에 응할까?

끝없이 이어지는 독자讀者의 고독한 매복은 어떤 부름에 응할까?

*

마르쿠스 황제는 일평생 이미지 축적을, 아이콘 수집을, 은유의 제국을, 갈고리와 그물, 두려움 같은 보물 수집을 이어 갔다. 사르마티아족과 벌인 전쟁 동안 황제는 이렇게 썼다. "거미arachinion 한 마리가 파리myian 한 마리를 잡았다고 뻐긴다. 이 사람은 새끼 산토끼lagidion를 잡았다고, 저 사람은 그물로 정어리aphyèn 한 마리를 잡았다고, 또 저 사람은 멧돼지suidia 몇 마리를 잡았다고, 또 저 사람은 곰arktous 몇 마리를 잡았다고, 또 이 사람은 사르마티아인들을 잡았다고 뻐긴다. 모두 불한당들lèstai이다."

그는 덧붙였다. "곧 땅이 우리 모두를 뒤덮을 것이다. 그 땅에서 태어날 자연은 무한히 변할metabolei 것이다. 출렁이는 파도epikymatôseis처럼."

*

바다에서 출렁이는 파도의 움직임에서 우리는 어떤 항적도 식별하지 못한다.

밀물은 어떤 부름에 응하는 걸까? 학살은 어떤 부름에? 밤과 낮 동안 태양이 그리는 도정은 어떤 부름에? 전염병은 어떤 부름에? 산은 어떤 부름에 응하는 걸까? 떨어지는 과일은 어떤 부름에? 가을은? 봄은? 여름은? 세월은 어떤 부름에 응하는 걸까? 노화는 어떤 부름에 응할까? 강은 어떤 부름에 응할까? 동굴의 침묵은 어떤 부름에 응하는 걸까?

*

제기될 수 있는 온갖 의문이 별안간 입술의 늘어진 살처럼 일그러지며 단 하나의 물음임이 드러난다. 그 모든 의문이 제기되면서 이렇게 묻는다. 언어는 어떤 부름에 응하는 걸까?

맹수의 입술 위로 이빨 하나가 삐져나오듯이 불쑥 튀어나온 이 유일한 의문은 하나의 수수께끼에 토대를 두고 있다. 이 진술이 짐작하게 하는 것과는 달리 수수께끼는 하나가 아니다. 사회들의 분열과 언어의 다양성은 어떤 부름에 응답하는 걸까? 문헌학자들은 인간이 말을 하게 된 이후로 인간의 언어가 만 천 개가 넘는 것으로 파악했다.

언어들은 어떤 부름에 응답할까?

*

로마의 왕, 늙은 로마인, 고어 애호가인 마르쿠스는 왜 『자성록』의 열두 권에서 그리스어로 자기 자신과 얘기를 나눈 걸까? 그리스어는 그가 어렸을 적엔 지문 같은 언어였고, 나중엔 내밀한 언어가 되었다. 라틴어가 제국의 공식 언어였던 건 사실이다. 나는 훨씬 단순한 가설을 제시해 본다. 코르넬리우스 프론토의 전 작품 가운데 나는 그가 황급히 쓴 작은 편지 한 통을 기억하고 있다. 그 편지는 어떤 면에서 이론 전체를 압축하거나, 그게 아니면 적어도 그 이론에 끈질기게 자리한 분노를 집약하고 있다. 그 편지는, 그 짧은 쪽지는 다음 날 원로원에서 연설하기로 되어 있어 연설문을 그에게 맡긴 젊은 황제에게 보낸 것으로, 이런 내용이다.

> 미안합니다만, 간청하건대 연설문에서 낱말 하나만 지우십시오. dictio는 절대 쓰지 마시고 oratio를 쓰십시오. 안녕히 계십시오. 모친께 안부를 전해 주십시오.

Oratio는 인간의 언어다. Dictio는 발언한다는 사실이다. 글로 쓰인 연설문은 허공에 뱉어지는 말이 아니다. 프론토는 말했다. 입맞춤에서 입맞춰지는 건 인간의 언어oratio다. 그는 덧붙였다. "입술 위의 입맞춤은 인간의 언어에 허락된 명예honorem orationi다."

나는 마르쿠스 아우렐리우스 황제가 자신의 『선집』을 그리스어로 쓰기로 마음먹었으리라 추측한다. 프론토의 엄격한 이마고가 지옥으로 영원히 멀어져 그곳의 검은 물가에서 평온을 찾고, 다시는 라틴어로 잠을 뜻하는 죽음 방울 속으로 느닷없이 돌아오지 못하도록.

라틴어

밀라노의 한 의사는 새 사냥꾼이 부엉이를 이용한 새 사냥을 떠날 채비를 하는 걸 보고서 따라가게 해 달라고 청했다. 처음에 사냥꾼은 좀처럼 승낙하지 않다가 결국엔 데리고 가기로 했다. 두 사람은 푸른 언덕을 향해 갔다. 언덕 중턱에서 사냥꾼은 멈춰 서더니 그물을 설치했고, 나뭇잎으로 만든 오두막 속에 부엉이를 두고 의사를 그 옆에 자리 잡게 하고는 새들을 놀래지 않도록 침묵을 지키라고 주문했다.

곧 하늘에 새들이 떼를 지어 나타났다. 새들은 파닥파닥 느리게 날았다. 즉각 의사가 외쳤다.

“새가 많이 왔어요! 어서 그물을 당기세요!”

그 목소리를 듣고 새들은 날개를 퍼덕이며 날아올라 산으로 달아났다.

동반자로부터 훈계를 듣고 밀라노 의사는 다시는 그러지 않겠다고 약속했다. 시간이 흐르자 새들이 정적을 다시 믿고서 수는 조금

적지만 더 활발하게 하늘 높이 날아서 돌아왔다. 그러자 의사가 라틴어로 말했다. 그 고대 언어로 말하면 짐승들이 이해하지 못할 것이라고 믿고서.

"새가 많이 왔어요!"

말하자마자 새들은 흔적도 없이 하늘로 사라졌다.

새 사냥꾼은 새 잡을 희망을 완전히 잃고 동반자에게 맹렬히 욕설을 퍼부었다. 우선은 그가 약속을 어겼기 때문이고, 그리고 약속을 어기면서 침묵을 깨뜨렸기 때문이다. 그러자 의사가 사냥꾼에게 물었다.

"그런데 새들이 라틴어를 알아듣나 보죠?"

밀라노 의사는 새들을 달아나게 한 것이 인간 목소리의 소리가 아니라 그가 조음한 말의 의미라고 생각한 것이다. 마치 새들이 달아나야 한다는 걸 이해하고서 사라지기로 작정한 것처럼 말이다.

*

이 이야기는 포조 브라촐리니의 『농담*Facetiae*』 179편이다. 야밤 사냥 이야기다. 라틴어로 부엉이는 밤새를 뜻하는 녹투아noctua다. 첫째, 이 이야기는 프소포스psophos와 포네phônè를 명확히 구분하고 있다. 둘째, 언어에 대한 이해가 말 속에서 어떻게 저절로 지워지는지 강조한다. 셋째, 어떻게 인과 관계가(언어와 동질의 마법 신화일 뿐인) 오만하게 현실 속으로 옮겨 가고, 현실이 그것을 감싸 주지 못하는지 보여 준다. 넷째, 이 이야기는 기의intellectam vocem가 인간의 머릿속을 지배할 수 있게 되는 네 가지 방법을 제시한다. 기의가 자신을 짊어진 기표를 완전히 집어삼킴으로써, 자신을 먹여 살리는 육신을 잊음으로써, 자신을 낳는 짐승에 대한 기억을 잃음으로써, 성찰 자체의 포식 속에서 이야기가 이어진다는 의식을 잃음으로써. 다섯째, 포조의 무신론 입장에 토대를 둔 이 이야기는 결국 어떻게 학자doctor가 자신이 실행하는 학식을 갖추지 못하고 있는지indoctus, 그리고 어리석은 자들이amens 어떻게 기표verbum의 효과에 불과한 신deus을 믿을 수 있는지 들려주는 짧은 신화이다.

*

이지도르 리죄[1]는 자신이 번역한 포조의 『농담』에 서문을 쓰면서 이렇게 자문한다. 독자에게 충격을 주지 않도록 성적 말들을 마멸시킬 가장 좋은 방법은 뭘까? 그 지방 특유의 낱말들은 그 친밀감이 동물의 수준에 이를 정도로 격렬하고, 옛 로마인들이 사용한 낱말들, 카토의 낱말들, 포르키우스의 낱말들은 난감하게도 외설을 피하겠다고 주장하며 그걸 알린다. 이탤릭체 표기 자체가 독자에게 페이지들을 살짝 열어 보도록 부추기는 충동을 가장 잘 채워 줄 페이지들이 어떤 것들인지 알려 준다. 에로틱한 이야기에서 외설적인 낱말들을 라틴어 형태로 감추는 건 그 불명예에 옷을 입히기는 커녕, 독자를 향해 더 상스럽게 울부짖으며, 말로 형용할 수 없는 봉

1 Isidore Liseux(1835~1894). 프랑스의 출판인, 번역가

헌물로 페이지 한가운데 불쑥 드러내는 일이다. 이탤릭체는 조급한 육욕에 사로잡혀 입고 있던 속옷을 흐트러뜨리고 불쑥 동물성의 흔적을 드러내는 순간의 외설적인 몸을 환기한다.

*

제아무리 용의주도해도 우리는 자신이 무엇을 하는지 알지 못한다. 왜 우리가 살았는지 결코 알지 못할 것이다. 일평생 살면서 우리는 왜 우리가 이 짧은 기간을 사는 개체들인지 알지 못한다. 독자들이여, 우리는 왜 우리가 이토록 읽으려는 욕구를 따르는지도 알지 못하고, 그것이 무엇을 의미하는지도 알지 못한다. 우리가 알지 못하는 존재들에게 보내는 신호들에 대해서도 전혀 알지 못한다.

누구도 자기 목소리를 듣지 못한다. 목소리는 하나의 얼굴이다. 누구도 자기 억양을 듣지 못하는데, 억양은 하나의 장소다. 누구도 자기 목소리의 어조 변화를 듣지 못한다. 어조는 목소리의 주체가 바라는 사회적 소속의 기호를 나타내는 거의 일본식 명함 같다. 그 소리를, 그 억양을, 그것들을 이끄는 어조 변화를 누구도 듣지 못하지만, 모두가 따른다. 우리의 하소연은 우리 내면의 슬픈 쾌락을 폭로한다. 우리의 보호가 우리를 드러낸다. 우리의 두려움은 우리의 꿈보다 훨씬 직접적이고 훨씬 외설적으로 우리 삶을 얘기해 준다. 우리의 옷은 우리 영웅들의 목록을 세세히 작성한다. 우리의 악덕은 우리 쾌락의 상태보다는 우리 불안의 그늘을 더 폭로한다. 우리의 몸은 동화된 모든 몸에, 다시 말해 오래전에 사망한 가족의 폭군들에게 종속된 노예에 불과하다. 죽은 폭군들은 땅에 묻혀서도 자신들이 낳은 그 몸에 더욱 맹렬히 횡포를 부린다. 무덤 속 같은 우리 몸속으로 되돌아오려는 욕망으로. 우리의 겉모습은 떠도는 지배에 사슬을 던진다. 우리의 눈길은 모든 걸 말하고, 검은 안경은 더 많은 걸 말한다. "나는 가면을 쓰고 나아간다Larvatus prodeo"는 데카르트의 금언은 실행 불가능한 명령이다. 우리가 자기 자신에 대한 무지 때문에 진정성에 이르는 것이 불가능하기에 더더욱 실행 불가능하다. 데카르트의 금언은 우리 자신에 대한 무지 때문에 우리가 다가가는 게 불가능한, 진정성보다 훨씬 더 실행 불가능한 명령이다. 라틴어로 페르소나persona인 가면을 내미는 건 그 선택에서 당장의immedita 복잡성보다는 자기 자신을 더 드러낸다. 누구도 자신이 감출 때 무엇을 드러내는지 알지 못한다. 아풀레이우스[2]는 참으로 불행한 한 인간을 무대에 올린다. 그를 욕망하지만 그가 겁내는 어느 여자에 대한 기억을 친구가 떠올리자 그는 흐느낀다. 고통으로 부어오른 자기 얼굴을 그가 입고 있던 덕지덕지 꿰맨 옷으로 가리자 배꼽umbilico부터 아랫배pube까지 노출된다.

미시마[3]는 기이한 의식을 실행하고 자결하기 전에 이렇게 썼다. "한 시대를 살아도 그 시대의 양식은 이해하지 못한다. 우리는 미처 깨닫지 못한 채 제 시대에서 빠져나갈 순 있지만, 그 시대의 특성과

---

2 루키우스 아풀레이우스Lucius Apuleius(123~170?). 고대 로마의 소설가, 수사학자. 현존하는 가장 오래된 소설 『황금 당나귀*Metamorphoses*』를 썼다.

3 미시마 유키오三島由紀夫(1925~1970). 『금각사』, 『가면의 고백』 등을 쓴 일본의 소설가. 1970년에 할복자살했다.

직무에 대해선 무지할 수밖에 없다." 물고기들이 자신들이 담긴 어항을 어항이 올려진 탁자보다 더 지각하는 건 아니다.

미시마 유키오는 덧붙였다. "우리가 사람 해골에 담긴 물을 마신다는 사실을 보지 못하는 것, 그것이 의식이다."

*

우리는 우리를 넘어서는 기표에서 벗어나면서 그것에 완전히 눈이 먼다. 우리는 새들이 달아나게 쫓는다. 우리는 끊임없이 어린아이다. 네발로 기는 어린아이infans, 말하겠다고 나서지만 일단 침묵을 얻으면 말을 조음해 내지 못하는 어린아이이다. 『황금 당나귀』에서 당나귀로 변한 루키우스는 그를 훔친 도적단의 손아귀에서 겨우 달아난다. 그리고 도심을 가로질러 질주하고, 시장으로 들어가 중앙 광장에 이른다. "나는 거의 그리스인들만 모여 있는 무리에 둘러싸인 채 로마인들의 언어를 사용해 카이사르의 이름을 말하려고 시도했다. 유성음 '오O'는 분명히 조음해 냈지만O disertum, validum 나머지 카이사르의 이름Caesaris nomen은 발음하지 못했다."

도둑들은 그 조화롭지 못한 외침을 듣고는 그들 당나귀의 소리임을 알아차리고 시장을 가로질러 광장에 이르렀고, 당나귀를 붙들어 고삐를 잡아당기고 채찍으로 난폭하게 후려쳤다.

시장 광장에 있는 누구도 사람들에게 얻어맞고 우는 당나귀가 사람이며 황제를 부른다는 걸 알아보지 못한다. 우리의 삶과 다르지 않은 그 우스운 장면을 보며 모두가 즐거워한다.

우리는 말하지 않는다. 경계경보를 알릴 뿐이다. 무엇을 하건 우리는 울부짖는다. 무엇을 표현하건 우리는 시끄럽다.

*

당나귀나 대양이나 도시보다 한결 조용한 기표들이 있다. 책은 절대적으로 침묵하는, 언어의 기표들이다.

글로 쓰인 책들은(철학자들의 추론과 번역자들의 경고와는 상반되게) 한 언어에 속하는 인간에서 다른 언어를 말하는 인간으로 무언가가 기꺼이 충분히 전해진다는 사실을 입증한다. 더구나 어떤 경우에도 그들 언어의 문자가 아니어도.

포조와 쿠자누스는 서로 알았고, 서로 좋아했다. 두 사람 모두, 아무리 날씨가 험악하고, 도로가, 모래사장이, 구불구불한 산길이, 숲이, 오솔길이 험해도 그들이 옛 사원과 무덤 들에서 발굴한 고대 책들 덕에 첫 명성을 얻었다.

로마 교황청 비서였던 포조 브라촐리니의 '말하는 문장紋章'[4]은 투창으로 무장한 오른팔이었다.

중세 이탈리아 역사에서 가장 유혈 낭자했던 세월 동안 나폴리는 무정부 상태였고, 롬바르디아는 찢긴 상태였으며, 밀라노와 베네치아는 황폐해졌고, 교황령과 자치 도시들은 강탈당하거나 약탈당했는데, 사그라들다가도 다시 위협적으로 변하곤 하던 이런 격동 속

---

4 소유주의 이름을 이미지로 형상화한 것으로 일종의 수수께끼처럼 읽힌다.

에서도 포조는 평온하게 살았다. 그의 방은 고요했다. 그는 오른팔에 무기를 차지 않고 자유로운 두 손으로 책을 읽었다. 교황청 비서이면서 포조는 종교 문제에 아예 무관심했다. 그는 순교자와 이단들에 대해, 그리고 영원한 도시에서 자신이 비서실을 통솔하고 있는 중앙 권력에 매달리는 종교 단체들에 대해 경멸을 드러냈다. 그는 책을 수집했다. 때때로 노새를 타고, 짐수레를 여러 대 거느리고 가서 사라진 책들을 건지기 위해 폐허가 된 탑에 올랐다. 이런 걸 재탄생이라 부른다. 최초의 재탄생들이다. 바르톨로메오 디 몬테풀차노는 포조가 생갈 수도원의 광에서 오물로 더럽혀지고 먼지를 끈끈하게 뒤집어쓴 쿠인틸리아누스 전집을, 로마 사색적 수사학의 시소러스인 그 책들을 끌어안고 우는 걸 보여 주었다.

*

여러 세기가 흘렀다. 그 책들에 쓰인 언어는 죽었다. 그렇지만 그 책들은 그 언어의 부름을 받고 강렬한 감흥을 보였다.

*

그들은 돌아왔다. 의사와 사냥꾼은 밀라노로 돌아왔다. 밀라노 의사는 어깨를 바꿔 가며 그물을 둘러메고 가는 사냥꾼을 괴로운 마음으로 뒤따랐다.

들판에 날이 밝았다.

사냥꾼은 바위에 걸터앉아 쉬며 의사를 기다렸다. 그는 고개를 들었다. 날이 밝아오자 별빛이 희미해지는 게 보였다.

별들은 밝아 오는 빛 앞에서 물러나지 않았다.

하늘에서 무심하게 제자리를 지키고 있었다.

그저 거세지는 빛이 별들을 집어삼켰을 뿐이다.

*

밀라노 의사는 기진맥진해서 사냥꾼 곁에 앉았다. 사냥꾼이 그를 향해 돌아보더니 입을 열었다. 그러자 그의 입김이 하얀 안개 형태로 물질화되어 차갑고 투명한 대기 중에 그의 입술 위에 잠시 떠 있어, 돌연 인간의 말이란 그것이 드러낸다고 생각하는 의미와 다른 무엇일 뿐 아니라, 그 말이 사용하며 펼치는 언어들과도 다른 무엇이며, 그것이 사람들의 귀에 들려주는 음의 물질과도 다른 무엇임을 보여 주었다.

숨은 신에 대하여

이제 나는 울고 있는 사람의 얼굴을, 갤리선을 타고 바다를 항해하는 여행을, 나무 숟가락 하나를 보여 주려 한다. 그는 1464년 8월 11일 움브리아 지역 토디에서 한여름 폭염 때 세상을 떠났다. 니콜라스 크레프스,[1] 이것이 쿠에스 추기경의 이름이었다. 로마의 산 피에트로 인 빈콜리 성당에 자리한 그의 무덤 대리석은 안드레아 브레뇨[2]가 조각했다. 그는 지상에서 가장 느린 강 중 하나로 꼽히는 모젤강이 굽이치는 곳에 자리한 작은 마을 쿠에스에서 태어났다. 독일어로는 Krebs(크레프스), 라틴어로는 cancer(칸케르), 프랑스어로는 écrevisse(에크르비스)에 해당하는 Cryfts(크리프츠)는 깎아지른 반대편 강가와 란츠후트성까지 배를 모는 뱃사공이었다. 쿠자누스의 어린 시절에 대한 전설은 유명하다. 스탕달은 그 전설

1 니콜라우스 쿠자누스로 알려진 인물

2 Andrea Bregno(1418~1506). 이탈리아 조각가

을 『적과 흑*Le Rouge et le Noir*』 도입부에 썼다. 모젤강의 뱃사공이었던 그의 아버지는 아들이 배에 등을 기댄 채 책을 읽는 걸 보고 노로 한 대 쳐서 아들을 물에 빠뜨렸다. "게을러빠진 놈!" 아이는 물속에 책을 잃어버리고 헤엄을 쳐서 강가로 나와서는 뱃사공의 집에서 도망쳐 만더샤이트 백작의 성으로 가 일하게 해 달라고 부탁한다.

쿠자누스의 첫 번째 소론은 『숨은 신에 관한 대화*Dialogus de deo abscondito*』이다. 그 책은 눈물로 시작된다.

*

- 그대는 엎드려서 눈물을 흘리고 있구나. 누구를 숭배하는가?

- 신입니다.

- 그대가 숭배하는 신은 어떤 신인가?

- 저도 모릅니다.

- 그대가 알지 못하는 것을 어떻게 눈물까지 흘리며 숭배할 수 있는가?

- 알지 못하기에 숭배합니다.

- 놀랍구나. 자신이 알지 못하는 것에 애정을 느끼다니.

- 자신이 안다고 생각하는 것에 애정을 느끼는 편이 제게는 더 놀라워 보입니다.

- 어째서 그렇지?

- 인간은 스스로 모른다고 알고 있는 것보다 안다고 생각하는 것을 더 모르기 때문이지요.

- 부탁이니 좀 더 설명해 보라.

- 우리가 그 무엇도 알 수 없기에 제 눈에는 무언가를 안다고 생각하는 사람이 머리 없는 사람으로 보입니다.

*

숨은 신에 관한 소론은 1444년 독일의 쿠에스에서 쓰였다. 울고 있는 한 사람이 어리둥절한 사람을 설득한다. 1. 우리는 존재자들을 통해 존재를 알 수 없다. 2. 말을 통해 언어의 근원을 알 수 없다. 3. 피조물들을 통해 창조주의 본질을 알 수 없다. 4. 우리가 알지 못하는 것에 이름 붙일 수 없다. 객체와 주체를 대립시키는 것, 세상과 의식을 나누는 것, 삶과 인류의 작품들을, 침묵과 언어를, 심연과 형상을, 몰상식과 상식을, 야만과 이성을 갈라놓는 것은 결코 타고난 게 아니다. “진리가 절로 이해되는 것이 아니라면 우리가 어떻게 그걸 이해할 수 있겠나? 배우는 사람이 먼저 있고, 배워지는 것이 나중이라면 우리는 배우지 못할 것이다.”

*

자신이 무엇을 겪고 있는지 알지 못하는 자는 이제 태어나기 시작하는 것이다. 세상이 어떤지 알지 못하는 자는 이제 땅에 발을 딛기 시작하는 것이다. 언어는 어떤 발화자도 다가가지 못할 비밀의 장소다. 몰이해는 그물이고, 무지는 노획이며, 대기 환경은 암흑이고, 인류는 파수꾼이며, 먹잇감은 우리가 알지 못하는 무엇이다. 쿠자누스는 인간의 언어를 명명하기 위해 아라곤 사람인 라몬 률[3]에게서 육감sensum sextum이라는 생각을 차용했다.

먹잇감은 미지의 것이다. 알려지지 않은 그것은 숨는다abscondita. 인간의 모든 역사(계보, 성명, 언어, 정치, 지성, 예술, 학문의 역사)는 사냥을 본떠서 생겨났고, 그것은 하나의 거대한 숨바꼭질이다. 숨바꼭질이란 이런 의미다. 아이들은 술래를 뽑고, 술래는 다른 아이들이 그 장소에서 몸을 숨길 동안 눈을 감는다. 존재는 먹잇감이 아닌 먹잇감이 되고, 현장 전체는 은신처가 된다. 존재가 지나며 남긴 발자국이나 꺾인 나뭇가지는 결코 그의 콧방울도 아니고 뿔도 아니다. 대체 누가 지나면서 제 콧방울을 남기겠나? 결과는 원인을 말해주지 않는다. "내가 그대에게 그대가 안다고 생각하는 것의 본질에 관해 묻는다면 그대는 인간의 진리이건 돌의 진리이건 말할 수 없다고 주장할 것이다. 그러나 인간은 돌이 아니라는 사실을 그대가 아는 건 배움에서 얻는 것이 아니다."

*

쿠자누스는 힘을 실어 이렇게 썼다. "공부가 주는 즐거움이 앎의 목표는 아니다. 미지의 무한한 확장은 과업이고, 헤아릴 수 없는 비밀의 증폭은 보상이다."

---

3 Ramon Llull(1232~1315). 마요르카섬 출신의 신학자, 철학자, 소설가

언어로 걸러지지 않은 것을 부단히 살피고 기다려야 한다. 언어로 걸러지지 않은 것, 그것이 미지다. '신'이라는 말은 그저 최대치의 고유명사일 뿐이다. 존재론적 창조란 고유명사가 아니다. 그것은 보편화하는 능력, 우주를 하나로 만드는 능력으로서의 단일성에 맞선다. [단일성은 라틴어 ens(존재자)에 상응하는 그리스어 낱말에서 나온 단일존재ontité에 부합한다.] 쿠자누스는 신, 또는 온타스Ôntas, 또는 우주가 무지의 끝이라고 인정하지 않는다. 무지는 인간의 길, 아니 그보다는 하나의 움직임이고, 감정이고, 무지와 동일시되는 역학이라고, 말년의 쿠자누스는 말한다. 인간의 생각mens humana은 어떤 존재자의 거울이 아니다. 이 영혼은 하나의 관점visio이라기보다는 생명력animatio이다. 무지가 무엇을 찾는지 알지 못하기 때문이다. 생각은 미지(비非그노시스적, 비신학적, 비형이상학적 미지)의 발작이다. 이 무지가 짊어지는 건 언어라는 사실 자체다. 다시 말해 언어의 본질, 다시 말해 인간 언어의 지역색 띤 실존과 추론 불가능한 기원이다. 『숨은 신에 관한 대화』에서 말을 하는 건 점차 크리스티아누스(신자)도 아니고, 필로소푸스(철학자)도 아니고, 오라토르(웅변가)도 아닌 프로파누스(세속인), 그리고 이디오타(어리석은 인간)이다. 세속인, 통속인, 어리석은 인간은 지역색 띤 언어를(철학자에 의해 잘리지도 않고, 입법자에 의해 헐값 처분되지 않은 언어를) 따른다. 언어에 대한 이러한 복종은 신앙이나 철학보다 멀리 이끈다. "바로 그것이 언어의 전능함이기 때문이다. 그 전능함을 통해 언어의 힘은 존재하는 모든 것과 존재하지 않는 모든 것보다 우위에 있기에 존재하는 것과 존재하지 않는 것도 그에 순종한다." 쿠자누스가 사용한 동사는 oboediat(순종하다)이다. 순종obéissance은 obaudire에서 온 것이다. Obaudire는 이해하고, 복종할 정도로 들은 말을 따르는 것이다. 라틴어 obaudentia는 프랑스어 obéissance를 낳았다. 현실은 기표에 포착될 수 없을 때만 타자로서 언어에 대적할 수 있다. 이런 이유로 말년에 쿠자누스는 우리가 더 순종해야 하는 것을 가리키는 듯 보이는 말들을 열성을 다해 지운다. 그리스 말로 길을 뜻하는 methodos는 제거된다. 그리스어 dynamis도 제거된다. 1463년 로마에서 쿠자누스는 『지혜 사냥*De venatione sapientae*』을 쓴다. 라틴어로 venatio는 포식을 의미한다. 그것은 사냥술 자체다. 원시 영장류의 분리를 의미한다. 오직 태초 사냥의 이마고를 동원해야 선행성에 다가갈 수 있다. 그래야 더 깊이 파고들기 때문이다. 생각으로서 영혼의 활동과 시간으로서 존재 내면에서 이루어지는 서사는 쿠자누스가 도달할 수 없는 것inattingibilis이라고 명명한 길은 선행성과 이어질 것이다. 그것들은 언제나 얼굴 없고 이름 없는 먹잇감을 추모할 것이다. 우리가 추적하는 먹잇감, 추적하면서 우리가 인간이 되는 먹잇감을. 어떤 타자성이 언제나 선행할 것이다. 진정한 생각이라면 어떤 형태의 합리성이나 표현이 터져 나오게 하기 마련이다. "이성은 저보다 앞서는 것에 도달하지 못한다"(『다른 것이 아닌 것*De non aliud*』, 184). 쿠자누스는 존재를 말하기 위해, 다시 말해 알 수 없는 타자성의 비非타자를 말하기 위해 '다른 것이 아닌 것'이라는 이름을 제시하면서 그 논거로 비타자는 '하나'보다 훨씬 단순하며, 바로 '비非하나'의 타자라고 주장한다. 같은 방식으로, 그는 말로 형용할 수 없는 다산성을 손가락으로 가리키기 위해 존재라는 생각에 동일성보다는 역동성의 특징을 부여하려 애쓰며 두 동사 posse(할 수 있다)와 esse(있다)를 결합한다. 그는 직설법 현재 형태로 이 동사들의 급격한 변신을 시도한다. 그렇게 "possest"를 제안했는데, 이 "pouvétant"[4]은 거의 공포가 된다épouvante.[5]

*

소피스트들, 수사학자들, 그리스-로마의 연설교사들을 개처럼 따라다니는 무신론을 르네상스가 되살렸다. 첫 번째 르네상스는 1444년에 신의 부존재에 대한 귀납적인 논증을 제시했다. 모든 존재자가 존재를 가정한다면 신 또한 존재를 가정한다. 이 가정은 존재자들의 질서 속에서 신의 선행성과 존재자들에게 미치는 신의 주도권을 동시에 소멸한다. 이런 이유로 인류는 언어로 아는 것보다 훨씬 많은 신을 소비했다. 모든 수사학자는—자신을 규정하는 언어 안에서 뒷걸음질 치는 모든 인간은—무신론자다. 최상급으로서 최고 존재자ens supremum는 최상의 가능성을 분출한 언어를 가정할 것이다. 불멸의 존재로서 그것은 개념으로 스스로 대적한다고 주장하는 죽음과 시간을 가정할 것이다. 말의 숨결flatus 속 먼지의 먼지. 기초 수사학에서 생각은 신이라는 존재자에 다름 아닌 그런

4 '할 수 있다pouvoir'와 '있다être' 동사를 현재분사 형태로 붙여서 만든 조어
5 pouvétant의 철자 순서를 바꾸면 épouvant이 된다.

언어 효과를 창출하지 못하고, 인간의 언어에서 그것을 빼내어 소급해서 세상의 근원에 두지 못한다. 그것은 언어적 인류의 시조인 언어 이전의 호모를 인간이라는 종이 한 번도 벗어나지 못한 반反언어 영장류의 사슬과 대립해서 규정함으로써 인간을 우리 고유 본질의 기원으로 거슬러 오르게 하지도 못한다. 우리는 그런 유형의 생각을, 위대한 무신론자 수사학자들을 즉각 알아본다. 에우리피데스, 에크하르트, 몽테뉴, 셰익스피어가 그렇다. 플라톤이 체계적인 방법론을 구축하면서 철학은 경건하지 못한 소피스트들을 당당히 증오하게 되었다. 그들이 불경했기 때문이다. 철학과 신학은 자신들을 보호해 주는 수사학적 스크린을 인정하는 것에, 자신들을 낳은 언어라는 소재에 순종하는 것에 어쩔 수 없이 혐오를 느낄 것이다. 두 경우 모두 무신론에 위협받기 때문이다.

프로클로스,[6] 플로티노스,[7] 다마스키오스,[8] 디오니시오스[9]로 되돌아가는 라인란트 신비주의, 바로 그것이 쿠자누스의 고유한 과업이었다. 자기 사유의 얽힘nexus(자기 로고스의 고유한 결찰)에 이르고, 존재론적 힘의 행사를 허용하는 것. 다시 말해, 쿠에스와 로마에서 르네상스를 시작하면서 쿠자누스가 "추정" 존재론이라고 부른

---

6 Proclos(412~485). '디아도코스(전통 계승자)'라는 별칭으로 불린, 그리스의 신플라톤학파 철학자

7 Plotinos(205~270). 그리스의 신비론적, 범신론적 철학자, 신플라톤학파의 창시자

8 Damaskios(458?~533?). 다마스쿠스 출신 신플라톤학파 철학자

9 Dionysios. 사도행전 17장 34절에 언급된 1세기경의 아테네인으로 사도 바울의 설교를 듣고 회심해 아테네 주교까지 되는 기독교 성인이다. 6세기 저자인 가짜 디오니시오스와 종종 혼동되었다.

것이 내가 고대인들의 세계에서 "사색적" 수사학이라고 명명한 것을 다시 태어나게 했다.

언어가 갖지 않은 것을 제공하는 언어, 그것이 수사학이다. 쿠자누스는 그것을 "추정conjectura"이라고 명명한다. 그것은 jactura, jaculatio, 즉 분출이기도 하다. Jactura는 고유의 의미로 희생을 뜻한다. 추정은 어떤 신神도(앞선 어떤 신도) 권능에 내포하고 있지도 않고, 결과로 창조하지도(혹은 정당화하지도) 않는 재능을 창출해 낸다.

*

그리스어로 심연은 무슨 뜻일까? 바닥없음을 뜻한다. 충동의 자존성自存性, 그리고 언어와 문화의 다양성 앞에서 그것을 언어로 환원하는 게 불가능하다는 점은 틈hiatus을, 바닥없이 열린 입구를, 심연abyssos을 판다. 바닥 모를 심연은 또 하나의 그리스어를 규정하는데, 바로 '카오스chaos'다. 카오스가 존재와 세상 사이에 심연을 파고, 그 심연을 시간이(그리고 언어들의 변신의 무게가, 변신metamorphôsis으로서의 언어가 아니라 그림자처럼 다시 떨어지는 변태metabolè의 무게가) 끊임없이 더 깊게 판다. 계통발생학의 흐름에서는 이 심연을 뭐라고 부를까? 히스토리아Historia. 인간의 역사다. 인간의 진화 과정에서 이 변신의 무게를 계산할 수 있을까? 이 변신은 2백9십만 년 가운데 1만 천 년에 영향을 미친다.

*

우리의 머리는 우주의 최대치가 아니다. 우리의 몸은 포유류 동물의 최대치가 아니다. 추정은 언어 너머에서 최상급은 무너진다고 고백한다. 절대성은 말할 수 없다. 그것의 이마고를 세우는 언어를 벗을 수 없을 터이기 때문이다. 미켈슈테터는 1910년 가을에 이렇게 썼다. "절대성을 알지 못하는 나는 불면으로 괴로워하는 사람이 잠을 알듯이 그것을 안다." 그런 불면은 꿈속에서 빛나는 환상phantasma을 구속하고, 이미지의 지위를 재규정한다. 우리는 가장 진실한 진실과 가장 덜 거짓된 거짓 사이에서 헤맨다. 그것이 추정이다. 스스로 알지 못하는 것에 대해 경험한 종 고유의 불확실하고 수수께끼 같은 앎. 역설paradoxon, 극단들의 일치, 은유, 인간의 얼굴 위에 짐승의 얼굴을 옮기는 것, 이런 것들은 추정이 뻗는 유일한 손이다. 그리고 그 손은 나뭇가지들 속, 동굴 속, 바닷속, 공간과 시간 속으로 무한히 데려온다. 그 손이 알지 못하는 것의 무한을 데려온다.

*

눈물 흘리는 사람의 얼굴에 갤리선을 탄 바다 여행이 더해진다. 『박학한 무지*De docta ignorantia*』[10]의 말미에 쿠자누스는 율리아누스 추기경에게 보낸 마지막 편지에서 그가 무지의 깨달음을 경험

10 책 제목을 음독해 『데독타이그노란티아』라고도 한다.

한 장소가 어디였는지 설명한다. "그리스에서 돌아오는 배에서 나는 이해할 길 없는 방식incomprehensibiliter으로 이해할 수 없는 것incomprehensibilia을 끌어안게 되었습니다." 어디에서 오는 배였을까? 그리스에서다ex Graecia redeunte. 배는 무엇 위로 이동하는가? 바다in mari. 이 그리스는 콘스탄티노플 뒤에 자리한 고대 그리스다. 이 뱃사공은 크레프스Krebs가 아니라 카론Charon이다. 그는 다시 태어나는 사람들을 베네치아의 산 자들의 강가로 다시 데려오는 지옥의 뱃사공이다. 바다는 땅이 융기하기 이전의 판게아다. 우주, 그 제한적 최대치 속에는 눈에 보이지 않는incomprehensibilis 얼굴 하나가 있다. 예전 바다를—그리고 그 위로 떠다니는 로마 교황청의 갤리선, 거기서 단일한 전체를 지켜보는 밤하늘—내포하는 밤하늘은 일종의 얼굴이다. 하늘을, 바다를, 밤을, 그것들의 얽힘nexus을 응시하는 건 얼굴의 잔해다. 잔해는 결코 이미지의 힘을 보여 주지 못한다. 이 이미지는, 언어의 자기 제거 작용 때, 법열의 어둠 속에서 마주한 신을 통해 거의 현시顯示ostensio에 도달한다. 그러나 신도 없고, 신의 이름도 없고, 얼굴들의 근원이 될 얼굴도, 그들 이름의 표출이 될 프네우마도 없고, 씨앗의 씨앗semem seminum이 될 몸이나 터도 없다.

그래서 쿠자누스는 바다 한가운데에서 느낀 무지의 황홀하고 생생한 특징을 표현하고자 가짜 헤르메스[11]에게서 차용한 아이콘을

11 일명 헤르메스 트리스메기스토스. 그리스 신 헤르메스와 이집트 신 토트가 결합되어 생겨난 신 또는 반신半神으로, 이름의 의미는 '세 배로 위대한 헤르메스'이며, 그 세 분야는 연금술, 점성술, 신성마법이다.

활용한다. 그것은 무한한 원의 이미지로, 그 중심부는 모든 곳에 있고, 주변부는 어디에도 없다. 그 무한한 원만이 얼굴의 이마고를 그릴 수 있다. 그것은 쿠자누스가 우주에 적용하는 순간부터 더는 상상되지 않는 이미지다. 상상되지 않는 이미지, 그것은 역설이라 불린다. 그것은 눈에 보이지 않는 심상이다. 그 이미지는 점punctum의 상상할 수 없는 깊이 속 중앙 심연이다. 바다를, 밤을, 우주를, 그곳을 떠다니는 갤리선을, 그것들을 보지만 아무것도 보지 못하는 눈을 말하기 위한, 그 점 속 중앙 심연이다.

"우리는 동물적 본능으로 산을 접촉하려고 애쓰나 아무것도 접촉하지 못하든지 혹은 순수히 지적인 눈으로 산을 바라보려고 애쓰나 어둠 속에 떨어진다. 하지만 어둠 속일지라도 우리는 산이 거기 있다는 걸, 산이 그 장소라는 걸 안다." 인간의 모든 앎은 인간의 무지가 되었고, 존재는 추정이 되었고, 세상은 인간의 제작으로 변한다. 인간에게는 앎이라는 사실 자체가 제 유한성의 흔적이다. 어떤 실증적인 존재론도, 어떤 절대적 앎도 인간에게는 가능하지 않다. 호모Homo는 파베르Faber다. 호모는 결코 사피엔스Sapiens가 되지 못할 것이다. 그는—구석기 시대 동굴 벽에 새겨진 것처럼—형상화할 수 없는 무엇, 무지, 무지 경험, 먹잇감과 포식 방법의 모방, 굶주린 무지다.

무지ignorantia는 두 배로 박학docta하다. 무지가 무지하다는 걸 알고, 무지가 꾸며 낸다는 걸 알기에 그렇다. 박학한 무지에 관한 소론 『제1권*Liber primus*』 2장의 자랑스러운 표현은 이것이다. "진실의 명확성에 다가갈 수 없는 가운데 나는 박학한 무지의 뿌리를 노골적으로 드러냈다."

*

우리는 정자로, 젖으로, 육신으로, 피로, 죽음으로 자연에 속한다.

뇌로도 자연의 일부다.

우리 안의 언어의 폭력성으로도 자연의 일부다.

우리는 우리를 만든 원천이 아닌 다른 원천을 따르지 못한다. 다시 말해 오직 생명을 탄생시킨 수태의 생생한 동요로 끊임없이 돌아간다. 그것은 그 생생한 밤, 그 위기, 주관적이지 않고 이름 없는 무명의 아궁이다. 모든 것 안에서 흔들고 외치고 속내를 털어놓으며 이미 불탔고 여전히 불타고 있는 그 아궁이엔 아직 아무것도 존재하지 않고, 개체성도 없고, 이름도, 법도, 사회적인 그 무엇도 보이지 않는다. 이런 의미에서 삶은 끝이 없고, 작품의 목표는 주관적일 수 없으며, 수사학자의 계획은 개인적일 수 없다. 그 계획은 각 개인 안에 있기에 모두 안에 있는 아궁이를 되살린다. 집단적이지도 개인적이지도 않은 것이 예술 또는 생각의 계획이고, 예술 또는 생각의 분출이다(예술도 생각도 제 역할과 목표를 알지 못하기 때문이다). 그것은 '힙소스'[12]이고, 영혼보다 두려움보다 도시보다 언어보다 이름보다 훨씬 노출된, 개별 몸의 최극단이다.

---

12 현대의 '숭고' 개념과 비교할 만한 그리스 철학 개념으로 수사학에서 hypsos는 모순된 감정들을 결합하는 특징을 보인다.

*

가짜 헤르메스, 가짜 롱기누스, 가짜 디오니시오스 아레오파기테스.[13] 나는 습관이 들었다. 한 정체성에 "가짜"라는 형용사가 붙는 걸 볼 때마다 내가 깨우려고 애쓰는 전통이 거기에, 그 전통을 빼 내려고 애쓰는 멸시 속에, 심지어 그 전통의 실존을 부정하는 부인否認 속에 있다고 추정하게 된다. 르네상스는 가짜들의 연속이다. 프론토와 마르쿠스 아우렐리우스 관점의 르네상스, 디오니시오스와 다마스키오스 관점의 르네상스, 앨퀸과 샤를마뉴 관점의 르네상스, 포조와 쿠자누스 관점의 르네상스는 언제나 예전 텍스트로의 복귀이고, 신학에 대한 의도적 무지로의 복귀이다.

쿠자누스는 디오니시오스 아레오파기테스를, 신을 보았지만 한 번도 묘사하지 않았던 사도 바울의 제자로 보았다. 그는 무지의 비밀을 황금 사슬로 생각했다. 그는 북유럽과 라인강 유역의 사색적 신비주의들의 사슬을 콘스탄티노플의 신플라톤학파들이 쓴 글의 사슬과 연결 짓는다. 인간은 무지한 자들이고, 그 언어는 사슬이다. 사슬은 많을 필요가 없다. 포조와 쿠자누스는 서로를 알았다. 쿠자누스는 토스카넬리를 알았고, 토스카넬리는 그의 죽음을 지켜보았다. 1450년 『어리석은 자*Idiota*』를 출간할 때 쿠자누스는 교황 니콜라우스 5세 서기관 후보로 『관능에 대하여*De voluptate*』의 저자 로

13 500년경 살았던 시리아 출신 수도사로 추정되며, 그리스어로 신비주의 신학 저서를 쓴 저자이다. 위僞 디오니시오스로 부르기도 한다.

렌초 발라[14]를 지지했다. 레오나르도 다 빈치는 쿠자누스의 작품에 열광했다. 조르다노 브루노도 마찬가지였는데, 그는 갤리선을 타고 런던으로 가서 셰익스피어를 만났다. 이런 식이다.

이 은밀한 사슬들, 세상 속 희귀한 역참들은 시간이 흐르는 동안 극소수의 사람들로, 거의 말없이, 이 문인에서 저 문인으로, 혹은 완벽한 침묵 가운데 이 문자에서 저 문자로 이어진다.

*

1437년 11월 27일, 해 질 녘에 교황청 갤리선과 황제의 그리스식 삼단노선 몇 척이 돛을 올렸고, 어둠 속으로 사라졌다.

그 배들이 도착한 건 1438년 2월 8일 대낮 베네치아였지만, 선단은 산 니콜로 알 리도에서부터 총독과 원로원의 환대를 받았다. 환영단은 자줏빛 비단옷을 입고, 부첸타오레호와 열두 척의 갤리선을 타고 왔고, 시민들이 탄 곤돌라들이 그 주변을 에워쌌다. 따라서 이 두 날짜 사이에 쿠자누스는 황제와 비잔틴의 총대주교, 베사리온 수도승, 역사가 시로풀로스, 그리고 황실과 동양교구의 온갖 석학과 함께 갤리선에 탄 채 내가 조금 전에 묘사한 충동 또는 황홀경을 경험했는데, 그것이 이어지는 그의 날들을 뒤흔들어 놓았고, 끈기 있게 글을 쓰도록 부추겼다. 그는 모젤 출신 뱃사공이었던 아버

---

14 Lorenzo Valla(1407~1457). 이탈리아 언어학자이자 문헌학자이자 교황 서기관. 언어문헌학 방법론을 정립했다.

지의 나룻배 뱃전에 기댔듯이 갤리선 뱃전에 등을 대고서 글을 썼다. 1439년 7월 5일, 피렌체의 산타 마리아 델 피오레 성당[15] 아래에서 그리스와 라틴 교회의 결합이 선포되었다. 1452년 12월 2일, 콘스탄티노플의 성 소피아 바실리카 성당에서 그리스-로마의 결합이 선포되었다. 1453년 5월 29일, 터키군이 콘스탄티노플을 점령했다. 성 소피아는 회교 사원으로 바뀌었다. 모든 것이 변신이다.

*

이 세상에 동양은 없다.

*

이 세상에는 안내가 없다. 어떤 신도 보여 주지 않고 부르지도 않는다. 모든 진정한 작품은, 모든 진정한 개인과 마찬가지로, 무엇보다 “존재하지 않는 것”이다. 아직 존재하지 않는 것은 이미 존재하는 어떤 것에도 부합하지 않기에 무엇과도 일치하지 않는다. 우리는 알지 못하는 어딘가에 이르기 위해 알지 못하는 것에서부터 작업해야만 한다. 따를 스승도 없고, 비평가도 없이. 존재하지 않는 것을 알지 못하는 이들이 그것을 기다리지 않으리라는 사실을 확인하려고 시장 조사를 할 것도 없다. 존재하지 않는 것을 위한 어떤 학문

15 피렌체 두오모 성당의 정식 명칭

도, 어떤 비평도, 어떤 조언도, 어떤 의지도 있을 수 없다. 안내하는 별도 없으니 언어의 부재하는 별을 단호히 따라가야 한다.

수년 전에 나는 우리가 행하는 것과 겪는 것을 끌어당기는 불가항력의 자력磁力에 완전히 빠져들었다. 그 자력은 스스로 우리가 행하는 것을 만들고, 우리가 겪는 것을 키우고, 어디로도 가지 않고, 사물처럼 어디에도 있지 않고, 두 발로 버티고 서서 꼼짝 않는 먹잇감처럼 어디에도 있지 않고, 지평선에 나타날 테고, 굶주린 자의, 갈망하는 자의, 바람처럼 덮쳐 오는 충동의 무시무시한 움직임일 뿐이어서 파도가 일듯이 인다.

작품을 압도하는 허기를 일깨우지 않는 작품은 없다. 침묵 속으로 다시 빠뜨리지 않는 작품은 없다. 그 침묵을 작품은 채우기보다는 심연처럼 일으켜 세우기에 그만큼 침묵은 더욱 부푼다. 옛 철학자들이 명상을 시작하거나 논증할 때 혹은 연역 추론을 할 때 주장했듯이 언어는 더 잘 보기 위해 가려야 할 창문이 아니다. 맹목이 스스로를 보지 못하듯이 이성도 스스로를 알지 못한다. 말은 그저 제 존재와 공제 불가능한 폭력성을 펼칠 뿐 그걸 표현하지는 못한다. 책이란 그런 무지한 말이다. 그것은 공통 언어에 맞서는 의미를 품은 말이다. 작품은 드물다. 언어를 좋아하는 자는 작가가 아니다. 침묵으로 글을 쓰는 자는 무지한 말이 된다.

*

『멍청이*Idiota de mente*』라는 소론은 어떻게 시작될까? 로마의 어느 다리 위에 한 남자가 서서 꼼짝하지 않는다. 그는 눈길을 아무것에도 두지 않고 있다. 하늘도, 테베레강도 바라보지 않는다. 로마 다리 위에 선 남자는 "가장 위대한 철학자"로 소개된다. 로마시에 사는 한 웅변가에게 그 철학자가 있다는 사실을 알려 주자 그는 달려가서 창백한 얼굴빛을 보고 철학자를 알아본다. 그는 발까지 떨어지는 넉넉하고 긴 토가를 걸친 철학자 가까이 다가간다. 그리고 무슨 이유로 그 로마의 다리 위에서 꼼짝하지 않는지 묻는다.

"놀라워서지요." 철학자가 대답한다.

두 사람은 다리를 떠난다. 활기찬 로마를 떠나 폐허로 접어든다. 철학자Philosophus는 웅변가Orator에게 속내 이야기를 털어놓는다. 자신이 로마로 오고 싶었던 건 아틸리우스 크라수스가 사유에 헌정했다는 카피톨리노 언덕 위 사원에 대해 들었는데, 그곳에 인간의 사유에 관한 철학적 글을 모두 모아 두었다고 들었기 때문이라는 것이다.

웅변가는 이젠 아무것도 남아 있지 않다고 말한다. 모든 건 폐허가 되었다. 그들은 폐허를 둘러본다. 그리고 영원의 사원prope templum Aeternitatis 가까이 이른다. 그들은 걸으며 명상한다. 앎, 생각, 영원은 폐허다. 그들은 근처 돌더미 틈에서 작은 지하실을 발견하고 그곳으로 내려간다. 그곳에서 나무 숟가락을 만들고 있는 웬 멍청이idiota를 발견한다. 멍청이는 그들이 계단을 내려오는 걸 바라본다. 그러곤 숟가락 만드는 일을 계속한다. 그가 말한다.

"우리가 숟가락에 대해 품는 생각을 벗어 버리면 숟가락은 아무런 모델도 갖고 있지 않지요. 나는 목재에서 숟가락, 잔 받침, 항아리 들을 뽑아낼 때 자연의 그 무엇도 모방하지 않습니다. 어떤 존재자의 모양도 모방하지 않아요. 숟가락, 잔 받침, 항아리의 형태들은 오직 인간의 예술에서 나오지요. 따라서 나의 기술mea ars은 창조된 형태들의 모방이 아니라 완성perfectoria입니다. 이 점에서 나의 기술은 스스로를 알지 못하는 무한한 예술을 닮았지요. 유일한 하나는 이 예술입니다." 모든 것에는 모델이 없다. 동물학이든 문화든 언어든. "이름도 형태도 어떤 존재자의 형상을 모방하지 않습니다." 그들에게 이름을 제공하는 메타포들도 동일한 방식으로 산을, 꽃을, 침묵을, 밤을 만든 그 예술에 속한다. 얼굴, 언어, 바다, 역사, 침묵, 암흑, 교황청 갤리선, 꽃, 산, 숟가락은 추정이다.

요한 볼프강 폰 괴테에 대하여

말년의 괴테가 쓴 시구 하나는 이러하다. “내가 있는 곳이 네카 강변일까? 유프라테스 강변일까?” 요한 볼프강 폰 괴테는 생애 말기에 침대 머리맡 전등에 (비춰) 편지를 쓰곤 했다. 그러곤 젊은 아내와 함께 카드놀이를 했다. 그는 개를 몹시 싫어했다. 그리고 식사 때마다 와인을 한 병씩 마셨다. 괴테는 이렇게 썼다. “완전한 익명의 측면이 이름들 속에 떠돈다.” 여든두 살에 그는 작업용 의자 등받이에 머리 받침을 달게 했다.

한 승려가 범죄를 저지른 대가로 유배지로 보내졌다. 판사는 죄수의 두 손에 칼을 채울 것을 명령했다. 그는 법정 울타리 안쪽 판사석에 앉은 채 자기 눈앞에서 열쇠로 칼을 잠그게 하고 경비를 맡은 병사 중 한 명에게 열쇠를 맡겼고, 그 병사는 승려를 국경 검문소로 데려갔다. 경비는 승려를 잡아끌며 즉각 떠났다.

국경으로 가는 길은 길었다. 두 사람은 어느 여인숙에 멈춰 섰다. 두 손과 목에 칼이 채워진 승려는 목이 너무 마르니 자기 허리춤에

차고 있던 돈주머니를 좀 풀어 주면 자신도 목을 축이고 경비도 목을 축이게 해 주겠다며 부탁했다. 법원 경비는 승려의 배려에 고마워하며 몸을 숙여 주머니 끈을 풀었다. 여인숙 주인이 술병을 가져왔다. 경비는 사발을 승려 입술까지 가져가 마시게 해 주었다. 그리고 움직임이 자유로운 그는 직접 잔에 따라 마셨다. 여인숙 주인이 술병을 하나 더 가져왔다. 그 술병을 다 비우기도 전에 경비는 취해서 쓰러져 잠들었다.

승려는 조용히 무릎을 꿇고 이빨을 사용해서 경비가 옆구리에 차고 있던 열쇠를 훔쳤다. 그리고 바닥에 열쇠를 내려놓았다. 승려는 바닥에 길게 옆으로 누워 손으로 열쇠를 쥐었다. 그리고 차고 있던 칼을 풀었다. 그는 일어섰다. 그리고 법원 경비의 옷을 홀딱 벗겼다. 자기 옷과 바꿔 입었다. 그는 경비의 머리를 밀었다. 경비에게 칼을 채우고 열쇠로 잠갔다. 그리고 달아났다.

이튿날 여인숙 주인이 경비를 깨웠을 때, 경비는 일어나기가 힘들었다. 전날 마신 술에서 아직 완전히 깨어나지 못했다. 그는 자신을 보고 질겁한 여인숙 주인을 보며 전날 무슨 일이 일어났는지 기억해 내려 애썼다. 갑자기 법원 판사가 그에게 호송을 맡긴 죄수가 생각났다.

그는 사방을 돌아보며 승려를 찾았다. 거울 앞을 지나다가 자기 모습을 보았다. 그는 가까이 다가섰다. 자기 얼굴을 비추는 청동 거울을 주의 깊게 쳐다보았다. 박박 민 머리가 보였다. 그리고 칼이 보였다. 그가 말했다. "승려는 여기 있는데, 그럼 대체 나는 어디 있지?"

운율 사전

꿈이 몽상을 대체했다. '몽상'이라는 말은 라틴어 '솜니움somnium'에서 왔는데, 알지 못할 어떤 이유로 점점 사라졌다. '꿈'이라는 말은 방황하는 인간을 뜻하던 로마 말이었다. 꿈은 프랑스의 옛 왕국 입구 또는 출구에서 드나드는 물품에 대해 선취하던 세금을 가리켰다. 꿈은 와인 통행세가 되었다.

『소론집』은 내가 나의 스승들에게 바치는 세금이다.

그 빚은 결코 다 갚지 못했다.

나는 꿈에 대한 꿈(세금)을 갚고 싶었다.

스승들 대부분이 세상을 떠났는데, 스승들 가운데 가장 근면한 스승은 죽음이다. 그러나 진짜 스승은 꿈이다. 꿈은 인간만 지배하는 것이 아니라 서른일곱 종의 척추동물과 조류도 지배한다.

인간은 매일 밤 눈동자를 바삐 굴리는 행동과 발기를 초래하는 내인성 프로그램에 몰두한다.

*

닭과 소는 매일 밤 25분 동안 꿈꾼다. 인간은 90분, 고양이는 200분 동안 꿈꾼다. 고양이들의 꿈은 해독되었다. 참새나 벌, 낙엽을 쫓는 끈질긴 약탈이다. 혹은 잔가지. 혹은 생쥐를 쫓는.

*

우리는 역사 속에서 정확한 결말도 갖고 있지 않고, 역사보다 앞선 시간 속에 명확한 근원도 갖고 있지 않은 서사 소재들을 이용하는데, 이것은 우리 종만의 특성이 아니다. 우리의 서사는 비인간적인 약동의 특징을 띤다. 우리는 동아프리카 열곡대가 생겨나기 이전에, 첫 인간이 나타나기 이전에 통용되기 시작한 이야기의 수탁자들이라고 주장하지 못한다. 그것은 언제나 포식 이야기다. 욕망이나 사냥에 대한 플롯이다. 포식이 가장 세련된 단계에 이르면 복수(인간들 사이의 욕망)나 전쟁(인간들 사이의 사냥) 이야기가 된다.

1. 꿈은 짐승을, 죽은 자를, 사물을, 여자를 환각으로 홀리고, 그것들을 바꿔 놓는다. 초조하거나 혹은 음탕하거나 혹은 탐욕스러운 달리기는 허기를 속이고, 욕망을 남용하고, 이미지들이 연이어 활동하는 동안 잠을 보호한다.

2. 삶은 이 꿈을 이용해 제 말을 하고, 그렇게 말하며 날들의 카오스에 동쪽을 제공한다. 욕구들의 반복에 방향을 제공하듯이.

3. 인간 사회들은 얘기된 그 꿈을 다시 취해 자신을 정립하고, 제

이야기를 하고, 제 길을 가고, 기품을 갖춘다. 다시 말해 자신들의 근원에서 떨어져 나와 지배하고 죽이고 번식하는 것이다.

*

한 책의 저자가 자신이 들려주는 이야기를 하나에서 열까지 완전히 창조한다면 그 이야기는 다른 누구에게도 의미 없을 것이다.

*

서로 구분되는 일화를 다섯 개 이상 끌어들이는 꿈은 "아주 길다"고 선언된다.

*

비인간적이고, 전前인간적인 서사는 인간에게 한정된 수의 변이들만 제공해서 인간은 그것들을 조종하지 못한다. 프로프[1]는 모든 인간적인 플롯 내부에서 작동할 법한 서른한 개의 기능을 열거했다. 그 기능들을 끌어들이는 함축 방식만 달라진다. 모든 예술은 흐름rheusis 속에 있다. 이 소재에서 저 소재로 건너가게 하는 흐름이

---

1 블라디미르 프로프Vladimir Propp(1895~1970). 민담구조론을 정립한 러시아 민속학자, 예술이론가

이 장면에서 저 장면으로 서둘러 넘어가게 하고, 함축 방식을 부풀리고 펼쳐 플롯을 드러나게 한다. 고려할 만한 유일한 독창성은 소재들을 다시 번역하는 언어에 입혀지는 어조에 있다.

함축의 흐름은 꿈에서 차용된다. 어조는 스승들에게서 차용하는 변이다.

*

나의 스승들은 이렇다.

소재에 대해서는 『오디세이아』, 『변신 이야기』, 『황금 당나귀』, 『천일야화』, 아이슬란드 사가, 크레티앵 드 트루아,[2] 사이카쿠[3]의 전 작품, 『홍루몽』, 스탕달의 전 작품, 『폭풍의 언덕』이다.

함축에 대해서는 길가메시와 엔키두 신화, 성서, 장자, 루크레티우스, 베르길리우스, 타키투스, 세이 쇼나곤,[4] 몽테뉴, 생테브르몽,[5] 탈망, 니콜,[6] 생시몽, 샤토브리앙이다.

---

2 Chrétien de Troyes. 12세기 프랑스 음유 시인, 궁정 문학의 대표 작가, 기사도 이야기의 창시자

3 이하라 사이카쿠井原西鶴(1642~1693). 일본 에도 시대의 시인, 소설가

4 清少納言(966~1017/1025). 일본 헤이안 시대의 여성 작가로 수필 『마쿠라노소시枕草子』로 유명하다.

5 샤를 드 생테브르몽Charles de Saint-Évremond(1613~1703). 당시 파리 사교계와 지성계에서 유명했던 쾌락주의자, 작가

6 피에르 니콜Pierre Nicole(1625~1695). 신학자, 문법학자. 포르루아얄에서 문학과 철학을 가르쳤다.

어조에 대해서는 카이사르, 알부시우스,[7] 바울, 다시 타키투스, 라 로슈푸코, 마시용,[8] 포송령,[9] 루소, 다시 샤토브리앙, 드 부아뉴 부인,[10] 엘로, 콜레트, 바타유가 있다.

*

내겐 아직 생존해 있는 스승이 둘 있다. 피에르 클로소프스키와 루이르네 데 포레다. 두 사람은 내게 한 번도 부족함이 없었다.

이제 나는 내가 쓴 글을 원고 상태로 그들에게 맡기지 않는다. 내가 쓰는 글의 첫 버전은 이 비밀스러운 소론에, 이 운율 사전에 맡긴다. 물론 내가 이 운율 사전을 통해 스스로 부과하는 훈련은 때때로 달라진다. 그러나 대개는 변하기보다는 추가된다.

내가 스승들을 되새기는 건 그들을 잊어 가기 때문이다.

두 스승은 세상을 떠났다. 에밀 뱅베니스트[11]와 조르주 바타유다.

---

7 가이우스 알부시우스 실루스Gaius Albucius Silus. 1세기의 로마 수사학자, 카이사르와 동시대인

8 장바티스트 마시용Jean-Baptiste Massillon(1663~1742). 프랑스 주교, 명설교자

9 蒲松齡(1640~1715). 중국 청나라 초기의 소설가, 극작가

10 드 부아뉴 백작부인La comtesse de Boigne(1781~1866). 결혼 전 이름은 아델 도스몽 Adèle d'Osmond. 다섯 권의 『회상록』 저자로 유명하다.

11 Emile Benvéniste(1902~1976). 인도유럽어들의 비교문법과 일반언어학 영역에서 탁월한 작업으로 인정받는, 시리아 출신의 프랑스인 언어학자

*

베스타[12]는 가장 오래된 로마의 여신이었다. 그녀는 로마의 열두 신에 속했다. 발기한 당나귀는 이 여신에게 바쳐진 동물이었다. 베스타 여신을 모시는 베스탈 무녀는 둘이었다. 최고 신관이 로마에서 가장 좋은 가문의 처녀들을 여섯 살의 나이에 가족의 동의도 구하지 않고 아무 말 없이 빼앗다시피 데려왔다. 아버지들은 놀라면서도 자랑스러워했다. 이 무녀들은 남자를 알아서는 안 되었고, 10년의 수련 기간을 거치고 나면 성스러운 직무를 10년 동안 이어 갔다. 그들의 직무는 포룸에 자리한 도시의 불이 꺼지지 않도록 지키고, 사람들이 우언법으로 파시누스Fascinus[13]라고 불렀던 음경을 보살피는 것이었다. 이 여자들은 머리띠를 착용했다. 그들은 한 남자와만 소통했고, 그의 성性 발달을 지켜 주었으며, 셀레라scélérat[14]라고 불리는 들판에 산 채로 묻혔다.

기원전 2세기 말에, 무녀장Virgo Maxima은 무녀들이 지켜 온 화로 속으로 전통이 피신한 적은 결코 없었다고 선언했다. 전통은 가정 난방에 쓰이는 참나무 숲에 숨지 않았고, 무녀들이 예전에 거둬들인 어떤 재 속에도 머물지 않았다고 선언했다. “전통은 우리의 정

12 로마 신화 속 여신으로 화로와 가정의 수호신이다. 고대 로마인들은 화로를 집 한가운데 두었고, 베스타 신전에는 공공화로가 있어 무녀들이 불이 꺼지지 않도록 지켰다.

13 ‘매혹하다’, ‘홀리다’를 뜻하는 라틴어 동사 ‘fascino’에서 파생된 파시누스는 음경을 가리킨다.

14 ‘흉악한’, ‘사악한’, 혹은 ‘악당’을 뜻한다.

절에 기인하지도 않고, 우리의 머리띠에 있지도 않다. 그것은 불타는 화병도 아니고, 조잡한 조각상도 아니다. 전통은 불꽃 속에 자리하고, 불꽃과 더불어 일렁인다. 전통은 수액 속에 자리하고, 그것과 더불어 불쑥 솟구친다."

*

단테는 우리가 화로 속으로 두 손을 뻗으며 다양한 숯불에서 올라오는 유일한 열기를 느낀다고 썼다.

*

진짜 플롯의 속성, 가족 플롯, 왕궁 플롯, 전쟁 플롯, 사랑의 플롯, 소설 플롯의 속성은 거기에 연루된 사람들이 처음엔 그 사실을 알지 못하며, 일어날 일에서 자신들이 어떤 부분을 차지하는지 알지 못하기에 확실히 제 역할을 이행한다는 것이다. 중간쯤 이르러서야 구상에 대한 감이 느껴진다. 게다가 일상적인 나날의 불안정한 연속과 비교해 볼 때 플롯은 바로 그 감각에서 알아볼 수 있다. 플롯에 가담한 모든 이들이 이제 끝나 가며 모든 걸 휩쓸어 가는 승부의 위협이 자신들의 행위를 무겁게 짓눌러 오는 걸 별안간 느끼는 것이다.

*

의지와 상관없이 근육 수축의 결과로 요도 밖으로 분출되는 정액 발사는 불규칙적이고 단속적인 방식으로 이루어진다. 매번 사정 때마다 2억에서 10억 마리의 정자가 배출된다.

진정한 스타일은 발작이다 — 이 발작은 발작을 통해 남성의 성기를 점차 일으켜 세우는 꿈의 목표다.

이 발작, 꿈과 언어 사이에 자리한 이 리듬rhythmos은 삶과 밤 사이에, 기원과 세상 사이에 있다. 꿈은 왕국의 입구와 출구에서 지각된다.

*

독자에게 “소설은 담장 틈새로 언뜻 비치는 번갯불이다.”

저자에게 “어조는 펄떡이는 내 심장의 한 조각이다.”

한 권의 책 속에는 세 가지 의도가 대치하며 절대 포개지지 않는다.

1. 저자의 의도Intentio auctoris

2. 작품의 의도Intentio operis

3. 독자의 의도Intentio lectoris

세 의도를 융화해 하나하나를 인도하는 네 번째 의도도 있다. 각 의도는(저자 자신의 이미지와 텍스트 효과에 대한 두 가지 의도 속 저자, 독자적인 일관된 상상 속 작품, 읽도록 부추기는 호기심 속 독자) 그걸 알지 못한다.

*

무언가를 보기 위해서는 태양이 중요하다. 눈도 중요하다.

창가로 다가가서 읽어야 한다. 가능하면 자기 자신을 빼고.

*

꿈은 기억하기가 왜 그토록 어려우며, 갑자기 머리를 집어넣는 거북이처럼 불쑥 사라질까?

음경의 포피 속으로 사라지는 귀두처럼?

*

“당신은 화장되고 나서 어디로 갔는지 기억하십니까?”

소설 속으로, 그리고 꿈속으로.

소설 속에는 타자와 내가 있고, 나는 내가 사냥하는 타자다.

그래서 개인적, 성적 정체성을 포기하는 사람은 종이를 포갠다.

그래서 인물들이 있다.

하지만 또한 그래서 독자들과 저자들이 있다. (말 이전에는 ‘나’와 ‘그’가 없기 때문이다.)

*

나는 콩트, 플롯, 뒤얽힘, 함축, 스토리, 이야기, 계보, 연대기, 시퀀스들의 정연한 질서 가운데 벌어진 일들의 열거를 구별 짓지 않는다. 로마의 어느 식당에서 내가 손을 들고 계산서를 달라고 "일 콘토Il conto!"[15]라고 외칠 때는 순서 있는 열거(앙트레, 파스타, 주요리, 후식, 커피)를 요청하는 것이고, 그 열거는 연대순으로 이어진 시퀀스들의 연속인 값의 합산, 화폐 형태로 해당 값어치를 말하기 이전에 벌어진 행위를 가리킨다.

『소론집』은 "일 콘토"이다.

*

이야기가 벌어지는 장소는 나라다. 이야기를 글로 쓰는 언어는 낯선 느낌을 주는 나라다.

이미지들이 뒤얽히면서 등장하는 각 장면은 매번 물리적 흔들림이어야 한다.

나라가, 낯선 느낌을 풍기는 나라가, 흐름이 있고, 낯선 느낌을 주는 나라와 밀려드는 이미지들과 장소들 뒤에는 다른 세상이 있다.

15 이탈리아어 'conto'는 '계산', '계산서' 또는 '이야기'를 뜻한다.

*

목수 몸의 어떤 부분도 그가 만드는 침대 속으로 들어가지 않는다.

*

제 꿈을 표현하면서 제 꿈에 도전하지 않는 모든 작품은 생기 없는 작품이다.

작가의 유년기를 고스란히 끌어들이지 않는 작품은 무용하다.

모든 작품은 시험한다. 작품 안에서 죽는 자는 판돈을 쓸어 가는 포커 노름꾼이다. 그가 내리감은 눈꺼풀 뒤로 나라와 유령들을 본다면 그건 신명재판이다. 흘러가다가 넓어지고 어두운 대양으로 흘러드는 그 물결을 그가 말에 담는다면 그건 신명재판이다. 그가 그 책을 출간하고, 소나타를 들려주거나 영화를 보여 준다면 그건 신명재판이다.

그는 인간의 언어 형태로 그 그림자들을 다시 번역하면서 그 왕국에서 나오고 들어간다. 글 쓰는 일은 배회하는 것 이상이다. 그것은 죽고 살아남는 일이다.

*

임제[16]는 글을 쓰지 않았다. 그럼에도 그는 당혹스러운 문체의 스승이다. 이렇게 말해야 할 것이다. "바울이 격렬한 문체의 스승이듯이 임제는 당혹스러운 문체의 스승이다." 삶이 살아진 순간부터 삶에 환대를 제공하는 유일한 장소는 오직 말뿐이다. 그리스의 온 역사를 통틀어 가장 위대한 수사학자인 로기노스는 삶이 어떻게 문자언어 속으로 돌아올 수 있는지 묘사했다. 글로 쓰인 작품은 라이터에서 솟구치는 불꽃처럼 그것을 쓴 사람의 내면에서 급격히 전개된다. 쓰는 사람은 스크린도, 이론도, 숙고도 없이, 무엇보다 언어도 없이, 갑자기 장면들을 눈앞에 보아야 한다.

그는 꿈을 꾸듯 그 장면들을 보아야 한다. 언어는 오직 말하는 데, 그리고 그가 들려주는 꿈을 변형하는 데, 그리고 아침을 먹을 때 눈을 비비며 잼 병의 뚜껑을 여는 옛 몽상가의 말을 들으려는 호의적인 귀를 지루하도록 괴롭히는 데 사용된다.

서사는 라이터를 켜는 엄지가 1밀리미터 움직일 때 불꽃이 솟구치는 것과 같은 방식으로 분출한다.

저자는 그저 엄지일 뿐이다. 그는 라이터도 불꽃도 아니다.

그는 읽는 사람을 위해 불현듯 불꽃 덕에 어둠 속에서 본다.

정적이 불꽃을 불어서 끈다.

저자에게나 독자에게나 책이 다시 덮이는 순간, 어둠은 책을 펼

---

16 임제臨濟 또는 의현義玄. 당나라의 선승, 선종의 일파인 임제종의 시조

치기 전보다, 혹은 책을 쓰기 전보다 틀림없이 더 어두워진다.

언어는 등불일 뿐이다. 어조는 욕망하게 된 세상일 뿐이다. 어조도 언어도 불꽃은 아니다.

소설은 언어로 만들어진 세상이 아닌 다른 무엇을 담는다.

*

벨레Belley 주교인 카뮈 신부,[17] 루이 13세가 아직 살았던 시절에 108편의 소설을 쓴 이 프랑스 소설가는 끝없이 이어지는 자신의 소설 집필을 고위 인사들 앞에서 이런 말로 정당화했다.

"육신과 물질로 된 사람들의 마음을 움직이려면 피의 출현이 필요합니다."

*

장피에르 카뮈는 1618년에 이렇게 썼다. "당신이 도처에서 발견할 모든 아름다움을 결연히 당신의 것으로 삼아라."

*

아리스토텔레스는 플롯을 세 낱말로 정의한다. "시작, 중간, 끝."

---

17 장피에르 카뮈Jean-Pierre Camus(1584~1652). 신학자, 작가

고대 그리스인에게 이 낱말들의 연계가 떠올리는 패턴은 생물학적이다. 심지어 전기적이다. 이렇게 말할 수도 있다. "탄생, 절정akmè, 죽음."

*

아리스토텔레스는 비극 플롯 구성의 비밀이 플롯을 엮고 푸는 데 있다고 말했다. 엮기desis와 풀기lysis. 근대 작가들은 그 말을 정신분석psychanalysis이라는 말 속에 보존했다. 정신분석이라는 말은 한 인간의 삶을 불쾌하고 억압적인 장면들에 가두는 반복적인 악몽을 푼다는 뜻이다. 모든 고통은 잘못 적힌 꿈이다. 저자는 가상의 삶 이야기를 짓고, 그걸 접한 독자는 자기 삶을, 그리고 가능한 자기 이야기들을 시도할 것이다.

고통은, 정신적 삶에서도 그렇듯이, 복수를 부르짖으면서 이야기 외의 다른 무엇도 부르지 않는다.

고통스러운 혼란은 그것이 배회하는 어둠보다 부당한 살인을 선호하는데, 그 살인이 혼란을 구성하고 그것에 의미를 입힌다. 마찬가지로 가정, 마을, 도시, 인간 사회들도 어둠보다 의미를 선호한다.

하지만 그 의미는 한낱 어둠 속의 비인간적인 꿈일 뿐이다.

*

사모아섬에 도착한 스티븐슨[18]은 자신만의 운율 사전을 썼다. 그는 마법 같은 서스펜스, 리듬의 도약, 성서에서 발췌한 옛 참고 준거들을 한 묶음으로 재편성했다. 그리고 좋은 문체란 증오로 이루어진 문체라고 털어놓는다. 사랑에는 문체가 없다. 사랑은 거리를 두지 않기 때문이다. 어떻게 융합이, 혹은 융합 욕구가 멀어지길 좋아하는 거리두기로 바뀔 수 있겠나? 스티븐슨은 격렬한 서사의 차가운 기쁨을, 플롯의 가학적 구성을 더하는 편을 선호했다. 함축이란 언제나 살해 의도이므로.

모든 건 시간을 초월하고, 시대에 맞지 않고, 반사회적이고, 심오하고, 동물적이고, 천진하고, 엉뚱하게 끼어든 것이어야 했다.

*

문체와 관련해서 주목해야 할 유일한 점은 그것이 교미 꿈을 꿀 때 창공을 떠도는 공상의 새처럼 스스로 포식성 새라는 사실을 기억한다는 점이다. 문체는 그것을 읽는 자를 전속력으로 덮쳐드는 방식으로 평가되어야 한다.

문체는 독자를 아연실색하게 만들어야 한다. 고개를 쳐들고 쉬쉬

---

18 로버트 루이스 스티븐슨Robert Louis Stevenson(1850~1894). 『보물섬*Treasure Island*』, 『지킬 박사와 하이드 씨*The Strange Case of Dr. Jekyll and Mr. Hyde*』의 저자

소리를 내며 다가오는 독사에게 들쥐가 홀리듯이.

그래서 읽는 이들은 옴짝달싹하지 못한다. 홀린 것이다.

그래서 꿈꾸는 자들은 거의 옴짝달싹하지 못한다. 그들의 성기만 일어선다.

홀린다는 것, 그것은 눈으로 죽이는 것이다.

*

궁수의 과녁은 겨냥하는 눈이다. 모든 책은 마침표를 겨냥한다. 마침표는 작가와 독자가 만나는 유일한 지점이다. 그들은 작별 인사를 하기 위해 만나는 것이다.

마침표는 그들이 서로를 죽이는 지점이다.

마침표는 그들의 터진 눈이다.

상상은 독자의 몸을 현실로 실어 간다. 마치 바닷물이 시신을 물가로 실어 보내듯이.

이런 이유로 저자는 제 독자를 만나지 못한다. 책방에 막 출간된 책에 저자 사인회를 하기로 받아들인 저자는 작은 탁자 앞에 자리 잡는다. 그는 책을 내미는 사람에게 인사한다. 그는 저자를 향해 몸을 숙이지만, 말은 할 수가 없다. 저자는 손은 들지만 아무 말도 하지 못한다. 한쪽은 더는 독자가 아니기 때문이고, 다른 쪽은 더는 저자가 아니기 때문이다.

그들은 시신들이다.

*

독자와 저자가 만날 수 있는 공간의 유일한 지점은 마침표 안에 있다.

그 만남은 대단히 짧은 시간 동안 이루어진다. 4분의 1초도 채 되지 못한다.

독자는 갑자기 순식간에 떠나 버린 그 가짜 세계 없이 홀로 남게 된 데 대한 원망에 사로잡혀 있다. 저자는 피 한 방울 흘린 흔적 없이 시신의 목을 자른 데 대한 당혹감과 뭐라 형용할 수 없는 기쁨을 느끼며 몸을 숨기고, 그것이 자기 직업이라고 차마 말하지 않는다.

*

실화들은 말하고 싶지 않다는 강력한 욕구로 이야기되는 순간 매혹적으로 변한다.

*

멋진 서사의 조건은 이러하다. 파렴치함, 게임, 초연함, 비인간성, 정신적 태만, 말하지 않으려는 의지, 멸시. 복수심 품은 환희. 존중받는 독자. 저자와 주인공 사이의 내밀함. 여기저기 끼어든 부수적 생각의 범용하면서도 심오한 특징. 형태에 대한 당당한 자유.

*

저자와 그 세계 사이의 적의. 적의는 열정적인 경쟁 관계를 뜻한다. 나는 소설가들을 근본적으로 적대적인 두 가문으로 분류한다.

1. 양면 감정으로건 아니면 무의식적으로건 자신들의 피조물을 사랑하는 자들. 오비디우스, 크레티앵, 조설근,[19] 스탕달, 브론테 등. (혹은 프로이트와 그의 환자들, 그리고 이것은 용서 없고 거의 환희에 가까운 개념인 불교의 자비까지 이어질 수도 있다.)

2. 자신들의 피조물을 거만하게 내려다보는 자들. 루키아노스,[20] 세르반테스, 볼테르, 플로베르, 지드, 셀린, 나보코프 등. 나로선 이 계보를 도무지 이해할 수가 없다. 소설가가 자신이 만든 인물들 몰래 말재주를 부리고, 제 행동을 등한시하고, 아무도 요구하지 않건만 자신이 인물들을 끌어들인 환경을 스스로 우롱하는 소설이라면 나는 손에서 내려놓는다. 내 눈에 그런 것들은 더는 이야기가, 소설이, 비극이, 영화가, 단편 소설이, 희곡 작품들이 아니다.

*

증오는 가능하다. 사랑도 가능하다. 다른 감정들은 너무 부차적이고, 너무 가꿔졌으며, 몽환적이지도 않고, 충분히 비인간적이지

---

19 曹雪芹(1724?~1763). 『홍루몽』의 저자

20 Lucianos(125~192). 로마 시대의 풍자 작가로 『신들의 이야기』, 『진실한 이야기』 등을 썼다.

도 않다. 나는 저자가 화자와 발맞추는 변신에는 동화되지 못한다. 그런 변신에서는 오만, 아이러니, 주장, 자만, 자기도취가 무대 앞을 차지해서 독자는 결국 독자의 조건으로, 다시 말해 언어가 온 영혼인 인간의 조건으로 다시 소환된다.

우리는 꿈꾸면서 동시에 깨어 있지 못한다.

*

불교적 주석은 오직 텍스트의 시작과 끝만 건드려야 한다. 그것은 가장 개인적인 것을 종種 속으로, 종을 사슬 속으로, 사슬을 불 속으로, 불을 공空 속으로 다시 끌어들인다. 그로부터 가장 개별적인 것이 나온다. 공은 그 개별적인 것이 존재하도록 내버려 둔다.

때때로 침묵이 공에 더해지고, 때때로 어둠이 침묵에 더해진다. 공, 어둠, 침묵은 그것이 존재하도록 내버려 둔다.

그 후 “존재하지 않는 것”이 그것을 다시 가라앉힌다.

“존재하지 않는 것”은 다른 세계의 반사된 그림자다.

우리가 낚싯대로 낚아 바다에서 꺼낸 작은 물고기가 더는 물고기가 아니고 시신인 것처럼.

*

“날 좀 내버려 둬! 조심해! 네가 나를 구렁텅이 끝으로 밀고 있잖아!

– 넌 이미 구렁텅이에 떨어진 거야!”

이것이 배후 세계다.

*

실례實例의 개별성과 선고의 보편성 사이에서 이야기들은 제 길을 간다. 역사적인 것과 반역사적인 것 사이에서, 인간 이전의 세상에서 온 것은 제 구멍을 팔 수단을, 공空의 가장자리에서, 해리解離, 언어, 시간, 생각의 경계에서 보금자리를 마련할 수단을 발견한다.

*

비개인적인 진술dictum impersonale과 말로 표현할 수 없는, 또는 유치한, 또는 동물적인, 또는 성적인, 또는 폭력적인, 또는 생물학적인 일화 사이에서 몽상은 언어 속을 떠돈다.

*

대단히 구체적인 세부 사실들의 드문 부각, 그 사실들이 드러내는 뜻밖의 명확성은 묘사의 수다스러움이나 담론의 경박함, 또는 성찰의 형용사적 깊이보다 훨씬 시사성을 내포한다.

무의식을 규정하는 특징은 놀람이라고 흔히들 말한다.

텍스트 속 현실 효과란 고분고분하지 않은 말의 명확성이다.

*

친구들의 담론이나 작가들의 서사 속에서 이따금 불쑥 등장하는 외설은 기쁨 충만한 에너지를 품고 있다. 우리의 정신 깊은 곳에서 쉬지 않고 수다를 떠는 언어 회전문은 그럴 능력도 없고 너무 유순해서 어떤 인간도 결코 벗어나지 못하는 집단의 습관과 반복을 따르기 때문이다. 꼭 냄새처럼. 우리는 제멋대로 돌아가는 바퀴처럼 웅얼거리는 그 내밀한 언어 집단을 인간의 의식이라고 부른다. 그걸 인간의 악취라고 부를 수도 있다.

*

혹여 외설적으로 보일지라도 소설가의 페니스 발기라는 내밀한 문제도 눈감고 넘어갈 수가 없다. 닫힌 눈꺼풀 아래로 잇달아 이어지는 이미지들에 지배당하는 눈의 운동과 발기는 운명이기 때문이다.

이미지들을 제시하는 언어가 발기한 가운데 흥분을 유발하고 활기를 띠고 커져서 배가되는 환각적인 이미지들의 몽환적이고 확실한 진전이 없다면 소설은 없다.

*

그 무엇도 꿈꾸는 자의 믿음을 흔들지 못하며, 콩트를 읽는 자의 신뢰를 훼손하지 못하기 때문이다. 그 무엇도 자발적인 마비 상태에서 그를 빼내지 못한다. 그는 언제라도 거부할 수 있기에 그 상태에 기꺼이 빠져서 동조한다. 원하면 언제라도 플롯을 포기할 수 있기에, 그가 전적으로 몰두하는 것이 자유로운 선택이기에, 그렇게 그가 전적으로 몰두하기 때문에 저자는 그의 욕망을 위험에 빠뜨리지 않을 의도로 그의 믿음을 깨뜨리지 않도록 전념해야 한다.

*

자연과학자들은 죽은 파리를 건네어 거미를 먹일 수는 없다고 말한다. 거미는 죽은 파리를 먹기를 거부한다. 거미가 그걸 먹지 못하는 건 죽은 파리여서가 아니다. 거미는 산 파리건 죽은 파리건 거미줄을 치고 나서야 먹을 수 있다.

*

피에르 마티외[21]는 1610년 『서판 *Tablettes*』에 이렇게 썼다.

삶이란 여럿이 모여 노는 노름판이다. 노름꾼 넷이 보인다. 상석에 앉은 시간이 말한다. "패스!" 사랑은 가진 돈을 몽땅 걸고 부들부들 떤다. 인간은 포커페이스를 짓고 있고, 죽음이 판돈을 몽땅 쓸어 담는다.

---

21 Pierre Matthieu(1563~1621). 프랑스 작가, 극작가

태초의 장면은 탄생의 탄생, 다시 말해 피에르 마티외가 사랑이라고 부르는 것에 있다. 탄생, 사랑, 죽음—혹은 시작, 중간, 끝. 탄생, 사랑, 죽음, 다시 말해 시작, 중간, 끝은 꿈속에서 반복되고, 꿈은 그 장치를 드러낼 정도로 다른 장면이 중첩되는 장면이다.

피에르 마티외는 두 페이지를 더 이어 간다.

*

삶은 번개이고, 우화이고, 거짓말이다.

어린아이의 숨결이고, 물 위의 그림이다.

밤을 지새우는 사람의 꿈이고, 꿈의 그림자다…….

*

역사 소설에서는 중국인들의 기교를 사용하는 것이 내 눈엔 능숙해 보인다. 그 기교에서 날짜들은 비현실에 덧붙여질 때만, 다시 말해 전적으로 무용할 때만 고지되어야 한다. 다시 말해 비극이 꿈과 나란히 갈 때. 다시 말해 명확성 자체가 역사 속 유령이 될 때만.

우리가 얘기하는 시대에서는 다른 시대로 옮기는 것이 불가능한 일부 장식만 간직해야 한다. 구멍 숭숭 난 그 뼈들은 시간의 해골 손 같다. 그것들은 어떤 경우에도 시간의 무無 속에서 진정한 지표로 쓰일 수 없기 때문이다.

그 속성들, 수가 많지 않은 몇몇 조잡한 장신구들, 그 공허한 날짜들은 독자에게 당혹감을 안길 뿐 아니라 독자를 길 잃게 한다.

그럴 때 독자는 정말 그 자리에 있다는 느낌을 받는다.

그럴 때 우리가 그곳에 있다면, 그건 우리가 죽기 전에 우리 삶 속에 깊이 빠져들 듯이 그곳에 있기 때문이다.

다시 말해, 우리가 태어나기 아홉 달 전에 틀림없이 일어난, 눈에 보이지 않는 짝짓기 때는 어떤 경우에도 우리가 우리 삶 속에 있지 않은 것처럼.

*

콩트 속에서는 모든 것이 셋씩 이루어진다. 모든 것이 세 계단에 힘입어 나아간다. 모든 단계는 계단 셋을 가졌고, 각 사다리엔 세 개의 창살이 있다. 진짜 콩트는 언제나 3 곱하기 3이다. 바로 아홉 달이다. 한 프랑스 격언은 말한다. “두 번 일어난 일은 세 번 일어난다.” 이것은 영화 애호가들이 “서스펜스”라고 부르는 것의 정의다. 모든 사람은 어떤 문화에 속하건 초조하게 세 번째 계단을 기다린다. 성서는 말한다. “심판의 날은 이틀 지나고 나서 닥칠 것이다. 먼저 준비하는 날이 온다. 그리고 모두가 등을 돌리는 날이 온다. 마침내 세 번째 날이 온다.”

세 번째 날에 대해 성서는 말한다. “그날은 도둑처럼 올 것이다.”

바로 이것이 서스펜스다.

곧 닥칠 자신의 죽음이 전조의 원인이지만 인물은 그걸 처음엔 제 것으로 알지 못하고, 중간에는 예감하지만 그걸 외면하고 서둘러 끝을 향해 달려간다.

*

교훈moralia. 살아서는 길 잃게 하고 헤매는 것과 하나가 되어야 한다.

삶이 우주 속에서 길을 잃고 어둠 속에서 헤맬 것처럼.

모든 남자와 모든 여자는 물결 속에 태어나면서 길을 잃고, 그 물결은 죽음 속으로 사라진다.

아이가 2 속에서 3이 되거나, 그게 아니면 2가 1이 된다.

모든 남자는 한 가지 속성을 소유한다. 결코 둘은 아니다. (왜 그런지는 모르겠다.)

모든 여자는 갈등 상황에 접어드는 두 가지 속성을 좇는다. 절대 하나는 아니다. (왜 그런지는 모르겠다. 어쩌면 종種이 하나의 속성에서 출발해 남성과 여성으로 분화되기 때문인지도 모르겠다. 결핍될 경우 여성들이 초조해하는 이 속성은 소설 속에서는 언제나 두 가지 상반된 형태로, 아이 하나가 보이지 않는데도 벌어지는 두 다리처럼 두 가지 불평 틈으로 다시 불쑥 등장한다.)

모든 아버지는 불투명하다. (왜 그런지는 모르겠다. 아버지가 동기 있는 행위를 하는 인물이 되는 순간, 그 인물은 산산조각이 난다. 그는 호감 가고 이해할 만한 인물이 된다. 아버지가 아니라 형제 같은 인물이 되어 갑자기 가루가 되어 부서진다.)

각 인물은 하나의 언어를 가진다.

모든 인물의 추정 행동과 소유 영역은 인물의 이름에 내포되어 있어, 이름을 동음 반복한다.

어떤 인물의 이름도 다른 이름의 메아리처럼 울리지 말아야 한다.

어떤 인물의 고유 이름도 다른 이름의 운율이 아니다.

*

모든 인간은 오직 하나의 감정이어야 한다. 그가 인간이라면.

모든 사건은 이유 없는 것이어야 한다. 그것이 사건이라면.

*

제아미는 자신의 운율 사전에서 『비말라키르티 수트라*Vimalakīrti Sūtra*』[22]에서 발췌한 한 시구를 인용한다.

"선과 악은 둘이 아니다. 악독함과 올곧음은 하나다."

*

그것들이 경쟁에 들어서지 않도록 혹은 포화 상태로 사라지지 않도록 유일한 극적 요소인 장식과 의복을 동원한다.

모자 하나, 말 한 마리, 권총 한 자루, 사막 하나.

---

22 불교 경전 해설본 『유마경維摩經』의 원명

우리는 '빨간 모자'의 치마나 신발에 대해서도, 눈이나 머리카락 색에 대해서도 말하지 말아야 한다. 여주인공이 계속 존재하고 시야에서 사라지지 않기를 바란다면.

연극에서, 그림에서, 극장에서, 오페라에서 인간들의 시뮬라크르들은 완전히 인간처럼 움직이지 말아야 한다. 그것들은 나이 없고, 영혼 없고, 자연과 민법 사이의, 유년기 또는 짐승 또는 시신 사이(시작과 중간과 끝 사이)에 처한 강렬한 존재들이어야 한다.

*

플롯은 작품 속에도 독자 속에도 있지 않다(그렇다고 인물들 속에도, 저자의 거주지에도 숨어 있지 않다). 감각이 느껴지는 것 속에도, 느끼는 것 속에도 있지 않듯이. 그것은 그 모든 것 공동의 작품이다.

작품의 의미를 통해 전달되는 것은 작품이 투사하고 지평선을 그리는 세계다.

두 개의 지평선이 합쳐진다. 그 점은 행위와 동시대인 세상과 또 다른 세상 사이의 접점이다.

눈에 보이지 않는 지시 대상이 있고, 그것이 독자나 관객을, 그리고 저자를 받아들여도, 그것은 눈에 보인 지시 대상이 아니다.

주체 바깥의 다른 세계를 항상 염두에 두어야 한다. 다른 세계를 플롯의 주체와 분명히 구분해야 한다.

*

다른 세계는 낯설어진 나라 너머에 있다. (나라는 이야기다. 문체는 나라의 생경함이다. 다른 무대는 주체가 알지 못하는 것이다. 그것은 주체들이 나온 '곳'으로, 유랑 끝에 혹은 허기 끝에, 사냥 끝에, 욕망 끝에, 변신 끝에, 사랑 끝에, 삶 끝에 낯설어진 나라의 주민들을 맞이하는 곳이다. 그러나 그들은 그걸 보지 못한다. 배후 세계는 제시되지 못한다. 원초적 장면은 끊임없이 몽상을 몽상한다. 탄생과 달리 우리를 낳은 교접은 직접 꿈꾸지 못한다. 그것은 우리 눈에 보이지 않는다. 그것은 '도달할 수 없는inattingibilis' 무엇이다.)

*

예술 창조의 근본 조건은 모든 부분이 상호 지휘하고, 삶이 주체를 일시적으로 제 어머니의 몸과 저를 노리는 시신의 몸에서 동시에 해방하듯이, 전부를 죽음으로부터 일시적으로 해방하는 살아 있는 체계를 만드는 것이다.

*

제아미는 자신의 운율 사전에서 이렇게 말한다. "당신이 기이한 것만 해석한다고 당신이 기이해지지는 않을 것이다. 당신이 오래된 것에 새로운 것을 섞는다면 오래된 것도 새로운 것도 기이해질 것이다.”

스탕달은 자신의 운율 사전에서 어떻게 산세베리나 공작부인을 16세기에서 끄집어내고, 어떻게 그녀를 메테르니히 씨와 만나게 하는지, 어떻게 1830년 코마르르탱 길에서 앙리 벨[23]이 생시몽의 문체와 경쟁하겠다고 결심하는지 묘사한다. 그것이 『파르마의 수도원*La Chartreuse de Parme*』이다.

상상은 그저 시간을 다치게 할 뿐인데, 꿈은 시간을 무시한다. 가상 세계(존재하지 않는 세계)가 있으려면 낯설어진 나라가 시간을 찢고도 불신에 빌미를 주지 않아야 한다. 스탕달은 글쓰기가 시간과 공간 속에서 찢어진 상처들을 바로잡는 데 몰두한다고 주장했다. 그의 책들은 그런 누전 사고들이 낳는 경이로운 불꽃들로 가득 채워져 있다. 그는 상처를 아물지 않게 하고, 성결정을 몹시 애석하게 여기도록 애쓰는 동시에 죽은 이들에게 붕대를 감아 주고 그들을 위로한다.

푸블리우스 코르넬리우스 타키투스는 1세기에 움브리아에서 살았다. 그는 브르타뉴 정복자의 딸과 결혼했고, 아우구스투스 황제의 죽음부터 로마 역사를 이야기했다. 그는 『역사*Historiae*』 제1권에서는 베라니아를 언급한다. 베라니아는 귀족 여인이었는데, 베스타 사원에서 서른한 살 된 자기 남편의 목을 자른 백부장에게 세스테르티우스 은화 6냥을 주고 그 목을 살 수밖에 없었다. 그녀는 사랑하는 남편의 머리를 등나무 바구니에 담아 가져왔다. 스탕달은 타

---

23 스탕달의 본명

키투스의 책에서 베라니아를 뽑아내어, 루이 13세 치하의 반항적인 여자의 소설 같은 영혼을 입혀 1827년의 삯마차 속으로 옮겨 온다. 그녀는 막 단두대에서 목이 잘린 사랑하는 남자의 머리를 무릎에 얹고 있다. 베라니아 제미나는 마틸드 드 라 몰이 되었다. 이것이 『적과 흑』이다.

*

언어 속 소설, 언어 속 '하팍스hapax',[24] 시간 속 '랍수스lapsus',[25] 공간 속 '랍투스raptus',[26] 철야 속 꿈.

*

작가의 의도와 독자의 기대 사이에는 두 가지 욕망이 있다. (플롯은 그저 현악기일 뿐이다. 함축은 그저 악보일 뿐이다. 어조는 그저 놀이일 뿐이다.)

첫째, 포옹하는 두 연인. 둘째, 엄마에게 매달리는 아이. 이것이 조건의 첫째 역설이다.

인간들의, 아니 모든 포유류 새끼들의 기원인 이자二者 관계. 애착 대상인 주체와 애착하는 객체. 동물들의 경우 개체 사이의 모든

---

24 단 한 번 매우 드물게 등장하는 말

25 말실수

26 약탈, 납치

관계는 이원적이지, 결코 삼원적이 아니다.

인간의 플롯 속에서 모든 제삼자는 철저히 배격된다.

둘을 이루기 위해 셋이 있을 뿐이다.

셋으로 끝날 수는 없다.

솔직히 말해, 나는 플롯을 정말 잘 끝내려면 하나로 끝내야 한다고 생각한다. 어떤 꿈도 여럿이 꿀 수는 없다.

*

신석기 시대 이집트는 두 번째 역설을 이런 말로 표현했다. 태양은 시간을 여명, 중천, 황혼(시작, 중간, 끝)의 형태로 안다.

첫째, 태양은 다시 태어나기 위해 비非가시계 속으로 내려간다. 둘째, 인간은 죽기 위해 비가시계 속으로 내려간다.

태양과 인간은 동일한 밤을 알지 못한다. 꿈은 인간의 태양이다.

*

인간들은 서로 싫어할 때 해로운 방식으로 서로를 대한다.

인간들은 서로 사랑할 때 해로운 방식으로 서로를 대한다.

인간은 심지어 자기 자신과도 친구가 아니어서 해로운 방식으로 자신을 대한다.

막 죽음이 데려간 한 남자 또는 한 여자에 대한 기억을 사랑스럽게 미화하려고 애쓰는 일화들은 사망 직후 고인의 기벽에 대해 가까운 지인들이 귓속말로 속닥이는, 뚝뚝 끊겨서 알아듣기 힘든 묘사가 주는 생생한 느낌과 이해의 정도에는 결코 도달하지 못한다.

*

모든 심리 분석은 행위를 맥 빠지게 하고, 행동하는 자를 깎아내린다. 실수나 결핍감의 핑계들을 우리 이성에서 제거하는 것, 또는 우리 이미지들에서 엉뚱하거나 은밀한 욕망들을 뽑아내는 것이 광기의 목표다. 우리의 이미지들을 몰래 훔쳐 내어 참으로 매혹적으로 만드는 건 그런 욕망들이다.

완전히 낙담해서 축 늘어진 인간만이 명료하게 본다. 그는 세상의 발가벗은 모습을, 시간의 무기력 상태를, 공간의 차가움을, 자기 영혼의 공허를 발견하고 죽고 싶은 욕망에 빠져든다. 그에게 잠은 하데스의 밤, 다시 말해 비非가시계다. 그러나 그는 꿈을 꾼다. 그러면 모든 것이 가시적으로 변한다. 죽고 싶다는 마음조차 하나의 욕망이다. 전사의 시신 이미지를, 자기 자신의 영웅 이미지를 꿈꾸는 것이다.

좌절한 자는 소설을 쓰지 못한다. 우울할 때는 소설을 쓰지 말아야 한다. 신경 쇠약을 이용해 에세이를 써야 한다.

맹목, 욕망, 몽상은 포유류의 삶과 직접 연계된 요소들이다. 그래서 아직 살아 있는 인간, 아직 발기하는 인간, 마취성 마약을 섭취하지 않는 인간은 자신의 수태에, 자신의 탄생에, 자신의 어머니에, 자신의 가족에, 지구에, 도시에, 시간의 흐름에, 관능적 포옹에, 자신의 죽음에, 낮에 움직이거나 매일 밤 어둠 속에서 세 번 팽팽히 긴장하는 자신의 몸에, 그가 시트와 잠과 가까이하며 제 입술을 내미는 몸에, 일상적인 밤, 일상적인 잠, 그를 생쥐, 닭, 소와 고양이 들과 잇는 90분의 일상적 꿈이 반복되는 가운데 그를 갈라놓는 여러 세기와 광막한 세상에 쏠리는 눈길이 완전히 뜨이길 바라는 인간은 미심쩍다.

*

심리 분석에는 개연성이 부족하다.

현실은 급작스럽다.

모든 것에 이유를 내놓는 모든 것은 어깨를 으쓱하게 한다.

이유율(지구상의 모든 사물에는 이유가 있다는 원리)에 수사학자는 피식 웃는다. 수사학자가 보기에 형이상학자는 언어 고유의 폭력을 알지 못하고, 꿈조차 겁내는 인간이다. 이유율은 소설도 역사학만큼이나 믿기 힘들고, 보잘것없고, 하찮고, 덧없고, 돈에 매수되는 것으로 만들 것이다.

*

시작 상황은 어떤 경우에도 끝의 건설 현장일 수 없다.

*

개미와 꿀벌에게는 여정 자체가 포획물이다.

*

먹잇감에 덤벼들기 직전 육식 동물의 최종 흥분 상태.

그것은 일어서는 파도와 같다.

*

이집트 제5왕조의 재상인 프타호테프는 2천4백 년 전에 이렇게 썼다. “예술은 한계를 받아들이지 않았다.”

*

글 쓰는 행위에 대한 열광과 극적인 과장은 17세기부터 시작된다. 그리고 19세기에 절정에 이른다. 그런 것들은 소설에는 무용한 사족addenda이다. 소설에는 차라리 무시와 리메스limes[27]가 적합하다. 범주(콩트, 신화, 전설, 소설 등)와 분석(문헌학적 분석, 텍스트 분

27 고대 라틴어로 사전은 ‘변경의 경계지대’로 설명하는데, 키냐르는 샹탈 라페르데메종과의 대담에서 그리스인들이 ‘카오스’라 불렀던 것이 로마인의 ‘리메스’에 해당한다고 말한다(『파스칼 키냐르의 말』, 174쪽).

석, 미학적 분석, 정신분석학적 분석 등)은 사냥꾼이 제 배낭 속에 넣거나 넣지 않을 수 있는 복잡한 덫들이다. 그것들은 먹잇감에 대해 아무것도 알려 주지 못한다.

우리는 등을 돌리면서 동시에 공격하지 못한다.

소설이 소설가에게 영향을 미쳐서는 안 될 일이다. 심리 분석도 마찬가지다. 겁에 질린 수다와 창작자의 영웅화는 생겨났다가 사라지는 대담한 이미지들과는 아무 관계가 없다.

의미를 원하는 이들은 삶을 원하는 이들을 지상에서 결코 만나지 못한다.

*

노쇠와 근엄은 동물적이다. 진지함과 무심함은 (젊고, 놀기 좋아하고, 흥분하고, 호기심 많은) 인간의 단계보다 훨씬 오래된 단계의 메아리다.

*

이점: 보이스오버[28]의 사용(한 화자 관점의 개입)은 볼 수 없는 일이 일어나게 하고, 도달할 수 없는 것이 군림하게 한다. 모든 보이스오버는 스크린 밖을 얘기한다.

---

28 화면에 나타나지 않는 인물의 목소리나 소리

결점: 인물들이 활력을 잃는다. 작품은 솟구침에서 덜 자유롭다. 거의 심리적 작품이 된다. 작품은 함축을 하나의 관점 아래 두어, 그 관점에서 보이지 않는 모든 장면을 말살한다. 그렇게 에너지를 꺾어 버린다.

이점: 한창 진행 중에 작품은 이미 말해진 것과 다른 세계가 있다고, 그리고 제시된 것이 제시된 것과 다르다고 털어놓는다.

사람들은 우리의 근원에 있는 다른 장면은 한 이미지의 환각이기보다는 보이스오버의 고통이라고 얘기한다.

*

보이스오버는 소설을 위한 1인칭 서사이기보다는 영화를 위한 것이다.

어둠 속에는 자기 꿈을 꿈꾸는 단 한 명의 몽상가뿐이기 때문이다.

*

모든 액체는 고체가 되면 부적합해진다(용암의 원리).

모든 고체는 용해된다. (온도가 올라가면 얼음이 녹아서 한 방울씩 떨어지듯이.)

*

절대 심리 분석은 하지 말 것. 미시 심리 현상, 자가 심리 현상은 언어와 너무 가깝고, 꿈과는 너무 멀고, 세상과 너무 등졌기 때문이다. 심리 분석, 미시 심리 현상은 언어의 새벽 살인자들이다.

다른 단점: 심리 분석은 많은 페이지를 차지하면서 1그램의 개연성도 보태지 못한다.

바람이 없어도 나뭇잎은 떨어지기 때문이다.

*

우리는 언어로 소통하지 못한다.

아이들은 말하기 전에 언어가 아닌 다른 것을 원한다. 아이들이 언어를 획득하도록 부추기는 건 언어의 존재가 아니라, 그들 어머니의 입, 그 입 모양을 바꿔 놓는 미소, 그들에게 애원하는 눈길이다.

서사를 할 때 몸에 대한 묘사, 냄새, 옷, 틱 장애, 행위 표출, 움직임 또는 이유 없는 화석화는 큰 감동도 전하고 시간도 벌어 준다.

*

내가 지어 내는 인물들이 하는 말에 내 목소리를 빌려 줄 때마다 그 인물들의 담론 속에는 항상 내가 약해지는 한 가지 점이 있다. 퀸투스 호라티우스[29]는 그 점까지 지워야 한다고 말한다. 인물들에게 부족한 건 말 한마디가 아니라 그들의 침묵이기 때문이다. 나는 내 인물들의 침묵을 짐작하지만, 그것에 도달하지는 못한다. 나는 그들의 몸짓들을, 드물게는 그들의 생각을, 대개는 그들의 경악을, 그들의 과묵함을 묘사하면서 내 깜냥껏 그 침묵을 보여 준다.

그러나 그럴 때조차 내게 부족한 건 그들의 침묵을 말해 주는 문장들보다는, 침묵이라는 말 자체보다는 실제 침묵이다. 우리 모두에게 본질적으로 동일하고, 우리 삶의 배경 논거 같고, 우리가 죽어가면서도 서로 주고받지 않는 침묵 말이다. (죽음에 처한 척추동물들의 특성인 이 평등한 침묵은 별안간 침묵하고 주변과 담을 쌓는 살아 있는 한 여성의 침묵보다, 감정을 드러내 보이기를 별안간 거부하는 살아 있는 한 남자의 침묵보다 훨씬 덜 풍부하고, 덜 강력하며, 덜 개별적이다.)

산 침묵: 인물들의 의미 있는 침묵이 우리 눈에는 동기가 있어 보이지 않는다. 이 침묵은 그들의 이름보다 더 이름이 된다. 심리 분석에 대한 나의 경멸이 바로 거기서 나온다. 모든 콩트나 신화에 심리 분석이 배제된 것도 바로 거기서 나온다.

여러 동기나 이유로 움직이게 되었다고 스스로 믿는 영혼들이 되기 전의 꿈꾸고, 살아 있고, 따뜻하고, 움직이고, 대담한 동물의 몸들.

우리가 시신 앞에 서면 말하는 자의 속성인 이 침묵은 사라진다. 죽음 안에서 묵설默說은 의도를 잃는다. 더는 말하지 않겠다는 거부가 아닌 침묵을 죽은 자들의 몸 앞에서 발견할 때, 우리는 견디지 못

29 Quintus Horatius Flaccus(B.C.65~B.C.8). 고대 로마 시인

하고 아연한 고통 속에 빠진다.

몸은 침묵한다.

*

읽는 자는 침묵한다.

독자는 눈으로 먹는다. 독자는 귀로 씹는다.

로마 원로원 의원들이 골족 전사들에게 마련한 환영 의식. 전사들은 그들을 신으로 생각했다. 그만큼 로마인들이 움직이지 않았기 때문이다. 그러다 골족들은 그들이 손발을 움직이고 말을 시작하려는 걸 보자 그들을 죽였다.

*

각 장면에 매질이 있어야 한다면 각 책 속에는 강이 있어야 한다.

템포tempi를 기록할 것.

(렌토 장면, 알레그레토 장면, 안단테 장면, 오스티나토 장면들.)

이런 템포들에 전혀 통제되지 않는 템포는 음색tonos 고유의 긴장이다.

*

작가란 한 어조에 잡아먹힌 인간이다.

소설가의 온 삶은 그의 이야기가 말한 것을 향해 돌진한다.

*

소설 하나를 끝내고 나면 이 세 가지 체로 거르며 각 인물의 각 운명을 세 번 다시 읽어 볼 것.

1. 추락 후 호전
2. 공로 후 보답
3. 허물 후 처벌

*

제어 결과를 넘어서는 기괴함. 그것은 상스러움으로까지, 돌연한 (한 번도 반복된 적 없는) 외설로까지 이어질 수 있다.

정제된 것 속 날것의 불가해한 습격.

우리가 동족을 끌어안을 때 느끼는 기쁨의 순간처럼 기다려지면서도 예측 불가능한 순간.

세상의 한 여성은 외양간의 동료이기도 하다. (에세이들 속에서는 결코 그렇지 않다. 사회 속에서도 결코 그렇지 않다. 어둠 속에서 그렇고, 소설들 속에서 그렇다.)

그 순간은 예측되는 기괴한 순간이다.

근원이 불쑥 나타날 때 우리는 당황한다.

그래서 예측된 것은 뜻밖이다.

*

동이 트기 전부터 일하라, 다시 말해 밤이 끝나기 전부터. 다시 말해 같은 언어를 말하는 사람들의 얼굴을 감싸는 어둠에서 꿈이 떠나기 전부터 일하라. 어떤 날도 공휴일이 될 수 없다. 산 자를 경계하라. 모든 현은 팽팽하게 감겨야 하고, 조율되어야 한다. 악기는 어느 주, 어느 달, 어느 계절, 어느 해의 어떤 순간이라도 연주될 준비가 되어 있어야 한다.

언어 속에 빠져 익사하지 말라. 손가락 끝으로 더듬어 언어를 알고 나면 언어를 잊어라. 언어가 악기가 되도록.

음악이 현악기 속에 있지 않듯이 소설은 일상의 언어 속에 있지 않다. 문학 언어, 나이 없는 언어가 지역 특색을 띤 언어, 날짜 붙여진 언어보다 낫다. 소설은 언어 속에 있지 않다. 꿈이 결코 언어 속에 있지 않기 때문이다.

꿈은 언어에서 태어나지 않았다.

언어 없는 동물들도 꿈을 꾼다.

*

해체될 찰나의 이미지를 즉각 채취할 줄 알아야 한다. 집필이 늦어지면 작품을 놓친다. 작품은 작가에게 상상의 고해 같은 것이다. 욕망하는 몸들과 마찬가지다. 지체하면 몸의 혈기가 사그라들어, 욕망을 되살리려고 애쓰는 애무로 다시 자극해 겨우 달구더라도 이

전 상태로, 이전과 같은 강도로, 이전처럼 명백하고 맹목적인 격정으로 재현해 내지 못한다. 그것은 새로운 욕망이고, 뒤를 이은 새로운 이미지다. 하지만 자발성은 힘을 지녔고, 무지를 감추고 있었으며, 경직을 일으켰다. 이 모든 것들은 뒤이어 오는 것들과 동일하지 않았다. 뒤를 잇는 것들이 그것들을 모방하고 반복하기 때문이다. 억양은 첫 심상 속에 있다. 두 번의 기회는 없다. 당신이 당신의 욕구를 앞당겨 즐긴다면 그것을 얻지 못한다. 오직 대상에만 열중해야 한다. 그것이 믿음이다. 거짓 세계들에 대한 단호한 믿음fides이다. 상상계에 대한 굳건한 신심이다.

*

"믿음은 우리가 갈망하는 것들에 대한 확고부동한 마음이다."
"그것은 보이지 않는 것에 대한 증거다."
"그리고 그는 갈 곳을 알지 못한 채 떠났다."
이것이 극장의 어둠 속으로 들어서는 이의 믿음, 극장의 벨벳 좌석에 앉는 이, 소설 읽기에 빠져드는 이, 거장의 화폭 앞에서 물러나고 나아가고 다시 뒤로 한 걸음 물러서는 이의 믿음이다.

아브라함이 그의 백성을 약속의 땅으로 데려간 것도 갈 곳을 알지 못한 채였다.

*

꿈의 한 특성인 믿음은 우리가 알지 못하는 것의 유산을 받아들이는 데 있다.

*

현재는 살아 있는 것이고, 일어난 것과 앞으로 올 것 사이의 생생한 투쟁이다. 그것은 불쑥 나타나는 것의 포식에 끼어드는 과거의 임종이다. 모두의 호의를 얻는 모든 것은 무엇과도 대조를 이루지 못해서 어떤 어둠의 배경 위로도 나타나지 않는다. 출판인이, 제작자가, 비평가가, 유통업자가 당신에게 제안하는 좋은 생각은 모두 10년은 늦은 것이다. 그들이 감언이설로 당신에게 내미는 모든 선물은 묘지다. 미리 받아들여지는 모든 것은 협약이다. 그것은 '리메이크'다. 시류 속에 불쑥 나타나는 것은 유통 기한이 지난 것처럼 즉각 배제해야 할 무엇이다. 시간을 무시하고 인간의 역사 속으로—인간들이 쓴 역사 속으로—굴러가는 형태들의 태풍을 시류에 맞세워야 한다. 그 역사가 어떤 경우에도 인간들의 연대기가 되지는 못하기 때문이다. 바로 이것이 시장을 연구하는 데 자기 기술을 바치는 전문가가 냄새 맡는 것이다. 이 말은 그것이 악취를 풍긴다는 뜻이다. 현대적이라고 평판이 난 것보다 훨씬 새로운 무언가를 노려야 한다. 근원적으로 태어나는 무언가를 추구해야 한다. 아직 나타나지 않은 것은 보이지 않는다. 느껴지지 않는다. 냄새를 풍기지 않는다.

과거가 예측 불가능한 방식으로 돌아올 때 그건 과거가 돌아오는 것이 아니다. 예측 불가능한 무엇이 돌아오는 것이다.

그것은 불멸하는 파토스다.

과거의 한 도막이 예측 불가능한 방식으로 돌아올 때 남자 또는 여자는 경악한다.

*

라스코 동굴 속으로 들어가라. 니오 동굴 속으로 들어가라. 페르농페르[30]와 가르가스[31] 동굴로 들어가라. 퐁드곰,[32] 마들렌,[33] 레스퓌그[34]로 들어가라. 르셀리에[35]나 포겔헤르트[36] 동굴로 들어가라. 오레이당페르[37] 속으로 들어가라.

---

30 Pair-non-Pair. 프랑스 지롱드 지역에 있는 구석기 시대 동굴 벽화 유적

31 Gargas. 프랑스 오트피레네 지역에 있는 구석기 시대 동굴 벽화 유적

32 Font-de-Gaume. 프랑스 도르도뉴 지역에 있는 동굴 벽화 유적

33 Madeleine. 프랑스 아르데슈 계곡 중심에 자리한 동굴

34 Lespugue. 프랑스 남서부 오트가론 지역의 동굴로 비너스상이 발견되었다.

35 Le Cellier. 프랑스 서부 루아르강 북쪽에 자리한 동굴

36 Vogelherd. 독일 서남부 바덴뷔르템베르크주의 동굴로 상아로 만들어진 매머드 상이 발견되었다.

37 Oreille d'Enfer. 프랑스 도르도뉴 지역에 있는 구석기 시대 유적지 중 하나

*

책을 쓰는 이들이 말 속에 있는 건 물고기들이 물 밖 대기 속에 있는 것과 같다.

물고기들은 파르르 떨고, 팔딱이고, 고통스러워하고, 거의 즉각 질식해서 죽는다. 그러나 비늘은 빛에 반사되어 영롱하게 반짝인다.

책을 쓰는 이들은 말을 하지 못한다. 그들은 홍보도 라디오도 텔레비전도 기자들과의 인터뷰도 자신하지 못한다. 행여 그걸 하더라도 하지 못한다는 걸 알면서 한다.

그들의 비늘은 빛나지만, 그들은 빛나지 못한다.

*

에크하르트는 말한다. “지금껏 어떤 작품도 좋지도 성스럽지도 행복하지도 않았다. 지금껏 어떤 시간도 행복하거나 성스럽거나 좋지 않았고, 앞으로도 그럴 것이다. 시간과 마찬가지로 작품도 그러하다.”

“매 순간 모든 건 영원히 상실되었다. 작품은 비워진 정신 때문에 비워진 순간부터 영원히 상실된다.”

“꺼진(extrafacta, 외부의), 이미지. 상실된, 작품. 끝난, 시간. 신에겐 이런 것들이 더는 필요하지 않다.”

*

이 운율 사전은 요리법 책이다. 당신이 단편이나 장편 소설을 한 편 끝냈다면 잠시 말리고 나서 그것을 이 체에 걸러 보라. 시간의 출현 이후로 시간 속에서 은근히 타고 있는 아궁이에서 꺼낸 잉걸불에 모두 익혀 보라. 최초의 아궁이까지 거슬러 올라가는 잉걸불. 불을 길들인 아궁이들보다 앞선 화재까지 거슬러 올라가는 잉걸불에. 이야기는 앉은 암말의 비명에 대답해야만 한다. 책은 웅크린 스핑크스의 질문들에 대답해야 하기 때문이다.

오이디푸스는 인간의 언어로 외쳐진 수수께끼들에 응답한다고 생각한다. 그는 기지 넘치는 언행으로 사자死者 세계의 악마와 싸운다고 느낀다. 하지만 사자의 몸에 독수리의 날개를 단 짐승에게 응수하는 건 플롯 속 몸짓들이다. 그는 다리를 절며 대답을 시작한다. 그리고 얼마 후 자기 눈을 뽑으며 대답을 끝낸다.

멀리서, 당나귀 한 마리가 시장에서 카이사르를 부른다고 생각하며 요란하게 울부짖는다.

예전에는 'quauquemare'[38]라고 썼던 '악몽cauchemar'이라는 말은 잠자는 동안 사람들의 가슴을 짓밟는, 젖이 퉁퉁 불은 암말을 가리켰다.

『천일야화』의 한 이야기에서 화자는 신을 "눈길보다 빠르고, 너무 빨라서 운명을 앞지르는 말馬"이라고 말한다.

---

38 cauchemar의 옛 프랑스어

각 인물이, 각 장면이, 함축이 내가 끌어모은 모든 질문에 대답한다면 좋은 책이 못 된다. 그것들이 질문에 대답하기 때문이다.

그러나 대답하지 못해도 좋은 책은 못 된다.

*

익사를 막는 건 물 위에 떠다니는 나무토막이다. 그러나 그 나무토막들은 어떤 육지에도 이르지 못한다.

*

자기 자신과 자신의 성적 욕망, 꿈, 꿈꾼 세상, 이 세상의 지평선, 문체, 다양한 인물들 사이에 머리카락 한 올의 두께도 없다면 모든 게 뒤섞여서 우리는 아무것도 보지 못한다. 마침내 완전히 눈이 멀었으니 이제 교정을 끝낼 때다.

『소론집』에 관한 미세한 소론

우리는 작가들이 다시 자유롭지 못하게 된 시대를, 그들이 만든 작품들의 소유권이 부정되는 시대를 살고 있다. 『소론집』[1]은 포켓판으로 출간되지 못할 것이다. 판결은 1994년 6월 9일 목요일, 파리 지방 법원의 3호 법정에서 내려졌다. 나는 몇몇 작품을 키울 의도로 나의 웅변을 완전히 다시 쓰고 싶다는 욕망을 품어 왔다. 주교구에서 그걸 금지했다. 나는 그걸 가시덤불에, 돈에, 정의에, 예술에 대한 증오에 내맡긴다. 그래도 『소론집』이 나의 집이었노라고 계속 주장할 것이다. 다른 누구의 집도 아니라고. 그것은 나의 성이라기보다는 나의 이름이었다. 예기치 못한 열정적인 모든 형태는 반사

1 '소론petit traité'은 얀세니즘의 대표적인 작가였던 피에르 니콜의 '개론Traité'에서 차용한 개념으로, 키냐르는 이 파편적 형태의 글쓰기에 매료된다. 명제와 반명제에서 종합명제로 이어지는 고전적인 작문을, 수필의 기계적 '해피엔딩'을 끔찍이 싫어하는 키냐르는 이 형태의 글쓰기에 오래전부터 열정을 쏟는다. 1977년에 시작해 1980년까지 『소론집』 여덟 권을 썼으나, 출판사들의 출간 기피로 1991년에야 모두 출간되었다.

회적이며 유행에 뒤지고 고독한 무언가를 지니고 있으며, 그 무엇은 세상으로부터 스스로 물러나고, 스스로 시간으로부터 물러선다.

나는 노란 황무지에 새 은둔지를 세운다.